KB218433

파노라마

PANORAMA

Panorama
by Lilia Hassaine

파노라마

릴리아 아센
장편소설

곽미성
옮김

PANORAMA

Lilia
Hassaine

눈에 보이는 것은 어둠과 적막으로 끝맺지 않는다.
보이는 것보다 더 보이는 것,
즉 외설 속에서 사라진다.

———————————————————— 장 보드리야르,
《치명적 전략》에서

차례

2부 7개월 후

통창 너머로 한 여자가 잠들어 있다. 아침 바다의 물결처럼 여자의 상체가 부풀었다가 내려앉는다. 니코가 여자의 등에 밀착해 헝클어진 머릿결에 입을 맞춘다. 그의 침대에서 금발 여자를 보는 건 처음이다.

니코는 잊고 살기를 택했다. 나는 그럴 수 없었고, 여전히 되묻고 있다. 어떻게 그런 일이 벌어졌는지.

정확히 1년 전이다.

한 가족이 사라졌다. 누구도 결코 사라질 수 없는 장소에서.

나에게 사건이 맡겨졌고, 몇 주의 수사 끝에 밝혀진 사실은 그때까지 나의 모든 믿음을 송두리째 뒤흔들어 놓았다. 단순한 사건사고가 아니었다. 언젠가는 터질 수밖에 없던 비극이었고, 모든 동네와 도시, 국가 전체를 분노케 한 악의 일이었으며, 잠든 줄 알았던 폭력의 급작스러운 출현이었다.

하지만 그 이야기를 하기 전에 시간을 거슬러 올라가야 한다. 그로부터 20년 전에 벌어진 일을 모르면 2049년 11월 17일의 사건도 이해할 수 없으니까.

정글이었던 도시가 동물원으로 탈바꿈한 그때.

1부

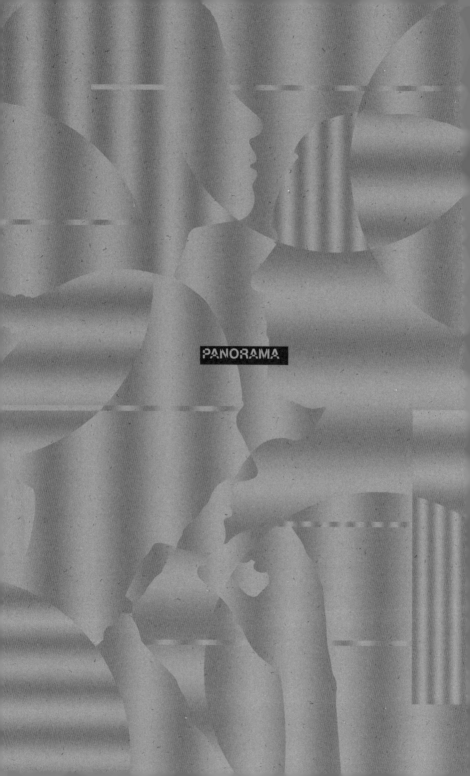
PANORAMA

장면은 라디오프랑스 방송국 공연장에서 펼쳐진다. 젊은 여성 가브리엘 보카가 확신에 찬 표정으로 연단에 올라 엄숙하게 법복을 벗는다. 좌중이 박수를 보낸다. 추첨으로 선발된 나를 포함한 100여 명의 시민들이 방송과 인터넷으로 생중계되는 보카의 연설을 직접 보고 있다. 역사적인 날이다. 2029년 10월 26일, 우리는 사법부를 심판했다.

"국민 여러분, 오늘 저는 죄를 뉘우친 첫 번째 사람으로서 이 자리에 섰습니다. 변호사증을 반납하고 법복을 벗어 여러분에게 참회를 구합니다. 사법부를 신뢰했던 국민에게, 듣지 않는 권력에 고해야 했던 여러분에게 저는 재차 이 말씀을 드립니다.

사법부는 국민을 기만했습니다. 판사 임명을 정권에 일임하고 무죄추정의 원칙과 공소시효를 수호하던 과거의 사법부는 실패했습니다. 사법부는 약자를 보호하지 못했고, 스스로 온갖 타협과 속임수의 온상이 되었습니다. 얼마나 많은 범죄가 묵인됐습니까. 얼마나 많은 피해자가 희생됐습니까. 사법부가 범죄자에게 관용을 베풀 때, 피해자는 종신형의 고통을 선고받았습니다. 그러나 마침내 오늘, 사법부의 시대가 막을 내립니다."

공연장 뒤쪽에서 음악이 울려 퍼진다. 오보에의 숨결, 그리고 바이올린의 번뇌하는 영혼. 나는 눈을 감는다. 누군가 팽팽한 표면을 점점 더 빠르게 더 세게 내리친다. 팀파니일 것이다. 호흡이 가빠지고 두통이 밀려온다. 이어 심벌즈가 부딪치는 소리에 나의 의식은 과거로 돌아간다. 기억한다. 증오의 낮과 야만의 밤 들을. 에리니에스의 날개를 가진 여자들과 그들이 펼친 복수의 씁쓸한 맛을. 무력하게 보고 있을 수밖에 없었던 그날들, 그 7일 동안의 일을 기억한다.

모든 일은 쥘리앙 곰스라는 이름의 소셜네트워크 인플루언서가 자신의 삼촌을 고소하면서 시작됐다. 100만 명의 팔로워들에게 쥘리앙은 어린 시절 삼촌이 자신을 어떻게 성폭행했는지, 그 비밀스러운 일이 자기 삶을 어떻게 짓밟았는지 폭로했다. 언론 인터뷰와 기사의 반향에도 불구하고 고소는 기각됐다.

공소시효가 만료됐기 때문이다.

쥘리앙 곰스는 자신의 커뮤니티에서 설문조사를 진행했다. "직접 정의를 구현해야 할까요?" 응답자의 87퍼센트가 "예", "아니오" 중 "예"를 선택했다. 다음 날 아침 쥘리앙은 머리에 전방 카메라를 장착하고 아라고대로 6번지에 도착해 여섯 개 층을 걸어 올라갔다. 그러고는 삼촌 집 문을 두드렸다. 삼촌이 문을 열었다. 쥘리앙이 그의 목에 칼을 꽂았다. 이어 쥘리앙은 카메라의 방향을 자신에게 돌리고 오열했다.

쥘리앙이 체포된 뒤 그를 지지하며 석방을 청원하는 목소리가 곳곳에서 쏟아져 나왔다. 정부는 대응하지 않았다. 이에 프랑스 전역으로 시위가 번져 나갔고, 상황은 새로운 국면에 들어섰다. 사람들은 석방된 피고인들의 사진과 기소된 적 없는 "쓰레기들"의 얼굴 사진을 들고 나와 흔들어 댔다. 저마다 사법 권력의 늑장대응과 무능력에 분통을 터뜨렸고, 묵인된 범죄에 대한 증언들이 확산됐다. 해킹당한 법무부 홈페이지에는 "위법부"라는 새로운 이름이 붙었다.

어느 밤에는 가정폭력희생자연합 회원인 100여 명의 여성이 파리 지방법원을 포위했다. 내무부 장관이 해산을 명령했지만 이들은 불복해 맞서 싸웠고, 그 과정에서 한 명이 경찰의 곤

봉에 구타당했다. TV로 중계된 구타 장면에 전국 시위자들의 분노가 극단으로 치달았다. 소셜네트워크에서 수백 명의 젊은 이들이 결집했다. 그들은 함께, 그리고 동시에 쥘리앙 곰스가 했던 일을 감행하겠다고 나섰다.

리벤지 위크. '복수 주간'이라는 의미의 해시태그가 빠르게 퍼져 나갔다. 프랑스 전역에 폭동의 기운이 감돌았다. 피해자들이 가해자 징벌에 나섰다. 뮐루즈에 사는 젊은 회사원은 수년간 자신을 괴롭혀 온 직장 상사를 창문 밖으로 밀어 살해했다. 아미앵의 대학생은 자기 개를 학대한 이웃집 퇴역 군인을 달려오는 기차 앞으로 떠밀었다. 해양에 거대 기름띠를 유출한 석유 재벌은 환경단체 회원들에 독살당했다. 아동학대를 일삼은 부모, 미성년자를 성 착취한 가톨릭 사제, 권력을 남용한 경찰관 등 처벌되지 않은 "쓰레기들"이 한 명 한 명 제거됐다. 범죄들은 영상으로 촬영되고 중계됐다. 영상마다 수십만 명이 좋아요를 눌렀다. 베지에시에서는 나이 든 남자가 자수하기 위해 경찰서를 찾았다. 축구클럽을 운영하던 시절 그는 남자아이들을 추행했다. 그 시절의 학생들이 그의 사진을 인터넷에 공개해 그가 사는 곳을 추적하고 있었다. 생명의 위협을 느낀 그는 경찰에 투옥을 간청했다. 구치소의 남은 자리를 그에게 할당해도 되는지 확신할 수 없었던 경찰관은 나중에 다시 오라며 그를 돌려보냈다. 충격적인 상황에 그 누구도 대응할 엄두를 내지 못했다. 내가 속한 경찰 팀도 그랬다.

프랑스 대통령은 그 자신도 위협의 대상이 되자 브레강송의 요새로 대피했다. 그가 버린 권좌는 공석으로 남겨졌다.

공황 상태가 7일째 되던 날, 쥘리앙 곰스가 석방됐다.
이 인플루언서의 미디어 친화적인 변호사 가브리엘 보카는 쥘리앙과 같은 처지의 사람들을 돕기 위해 투명화시민운동을 발족했다. 그녀는 자신과 마찬가지로 국가기관의 과오를 인정한 행정부 및 입법부 구성원들의 동의를 얻어 폭력행위 중단을 조건으로 하는 특별법을 제안했다. 특별법의 주요 내용은 리벤지 위크 동안 일어난 모든 범죄행위를 사면한다는 것이었다.

"민주주의 국가에서 사법부를 통하지 않은 사적 심판과 단죄는 용인되지 않으며, 앞으로도 용인되지 않을 것입니다. 그러나 리벤지 위크 동안 사적제재에 나선 이들은 사법제도로부터 보호받지 못한 사람들입니다. 이들을 구제하기 위한 예외적 절차가 마련돼야 합니다. 이에 저는 사적제재를 가한 이들을 조사해 그 행위를 기록으로 남기되, 이들에게 형을 집행하지는 않는 법안을 청원합니다. 범죄자가 된 피해자들, 우리 사회에 어떤 위협도 되지 않는 이 심판자들에게 관용을 보여 줍시다."

24시간이 채 되지 않아 그가 낸 청원에 300만 명이 서명했다. 지지자 규모가 불어나자, 투명화시민운동은 더 멀리 가기로 했다. 가브리엘 보카는 시민들이 새로운 정부 모델을 구상할 수 있도록 온라인 국민의회를 제안했다. 행정부 및 사법부 운영에 관한 시민들의 정책 제안이 이어졌다. 투명화시민운동은 이를 토대로 국정운영 의제를 선정하고 시민의 의견을 수렴해 단 몇 달 만에 행정부 축소와 사법부 해체를 단행했다. 이제부터 모든 사법적 판결은 국민이 직접 토론하고 투표해 내려질 것이다. 국방부 문서를 제외한 행정부의 모든 기록물은 투명하게 공개될 것이다. 부패한 것으로 판명된 정치계급은 기득권을 잃게 될 것이다.

눈을 뜨니 연설이 끝나고 있었다. 얼굴에 물감으로 파란색, 흰색, 빨간색 프랑스 국기를 그려 넣은 어른과 아이 들이 보였다. 투명화시민운동의 핵심 인물인 젊은 건축가 빅토르 주아네가 가브리엘 보카의 소개로 연단에 올랐다. 그가 마른기침을 하고 한 손으로 이마의 머리카락을 쓸어 올리고는 연설을 시작했다.

"우리의 혁명은 완수되었습니다. 시민에게 권력을 돌려준 프랑스는 진정한 민주주의 국가가 되었습니다. 이 모든 일은 투명화 덕분에 가능했습니다. 그러나 투명화는 앞으로 우리 자신에게 가장 먼저 적용되어야 합니다. 우리 사회의 안전이 지속될 수 있도록 말입니다. 강간, 학대, 권력남용, 폭행 등 인간과 동물에게 가해지는 모든 종류의 폭력은 한 가지 공통점을 가지고 있습니다. 타인의 시선이 닿지 않는 곳, 다시 말해 벽으로 가려진 곳, 집 안, 문 닫힌 방, 엘리베이터 같은 곳에서 발생한다는 것입니다. 폐쇄된 공간은 위험합니다. 벽은 위협이 됩니다. 공공의 안전을 위해 우리의 사생활 일부를 포기해야 합니다. 이는 시민사회의 평화를 위한 일이 될 것입니다."

빅토르 주아네는 새로운 도시계획의 기준을 마련해 시민들의 동의를 얻었다. 오스만 남작이 19세기 파리에 위생과 안전을 부여했다면, 빅토르 주아네의 원대한 계획은 윤리적 무결함과 안전의 최적화를 목표로 했다. 이제부터 모든 건축물은 투명해질 것이다. 종교 명소와 문화유산의 돌담은 유리로 대체될 것이다. 주거시설, 교육기관, 교정시설, 의료기관, 상업시설이 철거되고, 새로운 유리 건축물이 건설될 것이다. 모두가 투명하게 드러나 서로가 서로의 안전과 행복의 보증인이 될 수 있도록.

"근본적으로 우리에게 감출 게 뭐가 있습니까? 잘못한 게 없다면, 모든 걸 드러낼 수 있지 않습니까?"

좌중이 박수갈채를 보내며 프랑스 국가를 부르기 시작했다.

20년 사이에 프랑스는 완전히 다른 모습이 됐다. 밤이 되면 집집마다 붉은 조명이 켜진다. 낮에는 이웃의 경계에 의존한다. 제조업자들은 혁신적인 신소재 유리를 만드는 데 성공했다. 단열과 방음에 더 효율적이고 빛을 적게 반사하면서, 조류 충돌 방지 목적의 가느다란 검정 홈이 있는 소재다. 이 홈은 사람에게는 거의 보이지 않으나, 새들은 볼 수 있다.

딸 테사, 남편 다비드와 함께 나는 이 유리 건축물 중 하나에 산다. 누구도 우리에게 강요하지 않았다. 독재자도 폭군도 없었다. 사회는 모세혈관 현상에 의해 자체 규제되어 왔다. 프랑스의 새로운 민주주의는 독재가 아니다. 투명한 동네에서 안전하게 살든, 도시 외곽의 우범지대에 살든 당신의 자유다. 2030년에 제정된 헌법 전문에 따르면, 투명화는 "시민의식과 개인의 재량에 기반한 시민협약"이다.

애초 다비드는 이 현대식 동네에 이사 오기를 주저했다. 하지만 친구들이 저마다 자신이 아는 에피소드와 수치를 들이대며 그를 설득하려고 했다. 물랭이랑 니스에서 범죄율이 엄청나게 줄었는데 놀라운 수준이야. 경찰이 할 일이 너무 없어서 노천카페에서 커피 마시며 시간을 보낼 정도라니까. 그 사진 봤지, 테라스에 있는 경찰들 사진? 나도 휴대폰에서 "테라스 경찰 이미지"를 검색해 다비드에게 보여 주었다. 나도 열정적으로 그를 설득했다. 무엇보다 손가락질당하는 게 두려웠기 때문이다. 내가 근무하는 경찰서에서 새로운 도시계획을 받아들인 동료들은 환영받았고, 그렇지 않은 동료들은 이기적이라고 비난받았다. 복도에서 이런 외침을 듣기도 했다. 니코, 네가 뭐라고, 솔직히 네가 뭔데? 사생활이 그렇게 중요하냐? 우리는 네 인생에 관심 없어, 니코. 아무도 네 거지 같은 인생에는 신경도 안 쓴다고!

거지 같은 인생의 니코도 굴복하고 말았다. 그는 결국 우리 앞집으로 이사를 왔고, 우리는 저녁에 혼자 있는 그를 볼 때마다 식사에 초대하고는 한다.

투명화에는 좋은 면들이 있다.

우리는 타인에게 보다 더 주의를 기울인다. 고독과 슬픔, 질병에 허덕일 때면, 언제나 초인종을 누르는 이웃이 있을 것이다. 요양시설도 다시 부흥했다. 위생은 완벽해졌고, 직원들은 친절해졌다.

유리로 지어진 청소년 보호시설에서는 이제 아동학대와 성폭력의 위험으로부터 아이들을 보호할 수 있다. 또한 동물들이 공장의 컨베이어 벨트에서 학살당하는 장면을 누구도 참을 수 없게 되면서 도축장도 하나둘씩 문을 닫았다. 많은 프랑스인이 이러한 산업적 죽음을 목격하고 고기 먹기를 중단했다. 투명화는 이전에는 가려져 있던 인간과 인간성 사이의 괴리를 자주 없애 주었다.

나로서는, 기꺼이 고백하건대, 마음을 다잡는 다비드를 본 것이 가장 만족스러웠다. 이기적이고 한심한 기쁨일지 모르지만 순진한 척하지는 않겠다. 이 모든 역사가 시작되기 전, 남편은 외도를 일삼았다. 결혼한 지 3년쯤 됐을 때, 그는 야근하다가 회사에서 잠들었다는 핑계로 자주 외박했다. 그가 귀가하지 않는 밤에 나는 쉽게 잠들지 못했다. 슬픈 음악을 들으며 집 안을 맴돌고, 와인을 마시고, 울고 노래 부르며 고통을 지속시켰다. 마치 사춘기 청소년처럼 고통을 전시했고, 불타오르는 분노와 질투심만이 나를 살아 있게 한다고 느꼈다. 나는 그의 애인을 상상했고, 그 여자는 내가 가지지 못한 모두였다. 그녀는 경찰이 아니었다(경찰 아내를 두고 다른 경찰과 바람피우지는 않는

22

법이다). 그 여자는 또한 사랑을 나누는 데도 나보다 훨씬 능숙했다. 다비드가 미식가임을 생각하면 어쩌면 요리사일 수도 있었다. 나는 재능도 없고 섬세하지도 않다. 부드럽지도, 달콤하지도 않고, 약해질 줄도 모른다. 나는 나의 라이벌로 그저 웃고 사랑하는 것에 만족하는 창백한 피부의 키가 큰 어린 여자를 떠올렸고, 나에 대한 이야기를 듣고 입술을 살짝 깨물며 민망하게 삐죽거리는 앙큼한 모습을 상상했다.

그 여자   자기 와이프 어떻게 지내?
남편   뭐 알잖아, 엘렌은 차가운 사람이야. 절대 상처받지 않아.

나는 다비드를 증오했다. 그에게 격렬히 화를 내고 오페라 속 연인처럼 파국을 맞게 하겠다고, 필요하면 죽겠다고 협박도 하리라고 다짐했다. 하지만 그가 집으로 돌아오는 밤에는, 그가 집에 들어오는 순간에는 서둘러 이불 속으로 들어가 숨을 몰아쉬며 눈을 감고 그가 어루만져 주기를, 입맞춰 주기를 기다렸다. 그는 어떤 표현도 없이 침대로 쓰러지듯 눕곤 했다. 그러면 나는 그를 향해 돌아누워 마음을 진정시키고 그에게 감히 아무 말도 하지 못할 정도로 사랑하는 마음이 됐다. 그에게 나를 떠날 빌미를 주고 싶지 않았다.

투명화에 따른 새로운 규범들로 상황은 변했다. 다비드는 무엇도 내게 숨길 수 없게 됐다. 그는 더 이상 외박하지 않았고, 매일 저녁 같은 시간에 귀가했다. 내가 그토록 원하던 일이 이루어진 것이다. 그는 내가 묻기도 전에 상사가 야근하지 말라고 했다며, 밤새도록 회사에 불이 켜져 있으면 외부에서 좋게 볼 리 없고 환경에도 좋지 않으며 노동시간은 엄수해야 하고 노조와 노동 감독관도 지켜보고 있다는, 한마디로 헛소리를 늘어놓았다. 어쨌거나 나는 요리사를 이겼다.

승리의 만족감은 오래 이어지지 않았다고, 지금은 말할 수 있다. 더 이상 그를 잃을 것이 두렵지 않았고, 우리는 별달리 나눌 말이 없는 사이가 됐다. 권태기의 치료제처럼, 얼마 안 가 나는 임신했다. 테사는 투명화 시대의 아이다. 이제 열여섯 살이 된 아이는 투명한 세상밖에 모른다. 테사에게 있어 사랑은 하나의 프로젝트다. 나는 이제 사랑이 푸가와 같다고 생각한다. 음악적 의미의 푸가. 대위법 안에서 음율들이 잠시 아름다운 선율로 합쳐지고, 또 분리되는. 남편이 부재할 때만큼 그를 사랑한 적이 없다. 그의 자유는 망상과 불안으로 가득 찬 내 상상의 세계였다. 그가 존재하지 않았으므로 그를 사랑했다. 내 하루에 봄이 찾아올 때마다 그를 끊임없이 재창조할 수 있어서, 그를 내 꿈속으로 불러내 온갖 신비로움으로 치장할 수 있어서 그를 사랑했다. 기다렸으므로 사랑할 수 있었다.

루아에뒤마 가족이 사라졌을 때, 그러니까 지금으로부터 1년 전에 나는 어둠 속에 침잠하며 살고 있었다. 내 직업은 가치를 잃었고, 동료들은 그 상태를 즐겨야 한다고 말했다. 사람들은 서로를 해치지 않았고 범죄율은 급감했다. 나는 더 이상 비난받던 경찰이 아니었다. 나는 안전관리인이 됐다. 자전거에 올라타 가정집을 돌면서 문제가 없는지 확인하고, 위반사항을 발견하면 예방시키고, 필요한 경우 개입하는 게 나의 일이다. 각 지역에서는 자원봉사자들을 중심으로 주민 정찰대가 정기적으로 활동했고, 유리가 가려진 집이 없는지 확인했다. 이웃집에서 일어나는 미미한 폭행 시도나 의혹 들은 우리에게 신고됐다. 대개 아무 일도 일어나지 않았다. 2049년 11월 17일 수요일까지는.

집을 샅샅이 수색했다.

마룻바닥에 뚜껑 문도 없었고, 금지된 지하창고나 비밀창고
도 없었다. 주방 테이블 위에는 손도 대지 않은 생일 케이크가
놓여 있었다.

초 몇 개.

접시 세 개.

루아에뒤마 가족은 주민 정찰대에 오후 5시 7분에 마지막으
로 목격됐다. 여느 날과 같이 밀로는 학교에서 걸어서 집에 돌
아왔다. 부모가 아이를 기다리고 있었다. 보고서에 그 이상의
정보는 없었지만 이상한 점도 없었다. 그리고 한 시간 후, 6시

22분에 그들의 이웃 한 명이 우리 사무실에 신고했다. 그 집 창문에 비누칠이 되어 있다고. 규정에 엄격히 금지된 일이었다.

사설 경비대가 도착했을 때, 부모와 여덟 살 남자아이는 이미 그곳에 없었다. 그들의 휴대폰도 찾을 수 없었다. 누구도 그들이 나가는 모습을 보지 못했다. 불가능한 일이었다. 모두가 서로를 지켜볼 수 있는 세상에서 사라짐은 탈출이나 마찬가지다. 무엇보다 그 가족은 팍스톤에, 그러니까 도시의 가장 부유한 동네에 살고 있다. 그보다 덜 부유한 동네 벤탐의 주민으로서, 나는 그들이 최상의 안전 속에 있었음을 보장할 수 있다. 그들이 사는 동네에서 투명화는 종교다. 이웃들은 언제나 경계 상태에 있다. 모든 집은 거대한 통창으로 지어졌다. 팍스톤에서는 누구도 차를 소유하지 않는다. 투명 소재로 제작된 트램이 항시 운행되고 언제나 붐빈다. 사설 경비대는 이 구역 초입에서 거주자들의 출입을 감독하고 방문객의 신분을 기록한다. 팍스톤에서는 식물마저도 나무 말뚝에 의지해 똑바로 자란다. 그곳은 난초와 가시 없는 꽃들의 동네다. 무엇이든 고급스럽고, 조용하고, 안전하다.

직속 상사 뤼크 부아롱은 실종 사건 다음 날 나에게 수사를 맡겼다.

엘렌 뒤베른, 이 사건은 자네 거야. 여긴 멍청이들뿐이니까. 평소처럼 그가 조롱을 섞어 말했다. 부서의 가장 연장자로서 나는 이 사건을 이끌 수 있는 유일한 사람이었다. 조깅하던 여성의 시신이 불에 탄 채 숲에서 발견되고, 총상을 입은 젊은이들이 도시 외곽 주택단지의 지하실에 쓰러져 있던, 이전의 세상을 알고 있으니까. 수년간 쓰지 않아 녹슬었을지는 몰라도 오래전의 감각을 아주 잃지는 않았다.

나는 이 사건이 일반적인 케이스가 아니라는 걸 바로 알아챘다. 아귀가 들어맞는 게 하나도 없었다. 첫 번째 이상한 점은, 확인해 보니 루아예뒤마 가족 중 누구도 11월에 태어나지 않았다는 사실이었다.

IV

오전 7시 30분. 지난밤에 한숨도 자지 못했다. 집은 나를 지치게 한다. 햄스터 같은 삶이 시작된 이후부터 다비드는 집에서 잠만 잔다. 마치 햄스터가 씨앗을 분류하듯이, 온종일 가상의 쳇바퀴 속에서 데이터 자료를 분류하고 편집하다가 지쳐서 집에 돌아온다. 테사는 아침식사를 마치고 거실에서 벌써 한 시간째 운동만 했다. 그 애의 운동 루틴이 소방관들에게 벗은 몸을 보여 주고 싶은 핑계가 아니었다면, 진심으로 칭찬해 줬을 것이다. 매일 아침 소방관들은 조깅하며 우리 집 앞을 지나가고, 테사는 조그마한 옷 한 장을 걸치고 창 앞에서 기지개를 편다. 엄마, 저 사람들이 쳐다보지 말아야지, 내가 숨을 일은 아니잖아?

내 딸은 전문 쇼맨이고, 쇼는 곧 내 딸이다. 할 수만 있다면, 돋보이려고 조명을 머리에 달고 다녔을 애다. 너무 고리타분한 얘기 같겠지만, 이런 세태는 이미 오래전 인스타그램 사진이 삶의 창이 됐을 때 시작됐다. 우리는 인스타그램에 각자의 내면과 육체와 의견을 공개했다. 비밀스러움은 급속히 끔찍한 거만함으로 여겨졌다. 보여 주기를 거부하는 행위는 은폐로 치부됐다.

노동 현장에서는 많은 기업이 이미 벽을 허문 상태였다. 독립된 사무 공간에 있는 인간은 위험을 상징했다. 직원이 근무 시간에 개인적인 용무를 보거나 온라인게임을 하고 있지 않은지 의심하던 경영자들은 기꺼이 파티션을 허물었고, 이로써 공간을 절약했다. 무엇보다 정확히 누가 몇 시에 오는지 파악하기 쉬웠고, 직원들이 업무로 바쁜 상황인지 확인할 수 있었으며, 온갖 스캔들도 예방할 수 있었다. 경영자들은 마치 화합의 장을 이뤄 낸 듯 상황을 포장했다. 우리는 늘 함께야, 우리는 한 팀이야. 그러니까 화합이란, 클라라가 전화 통화하는 소리를 함께 듣고, 미셸의 입에서 나오는 트림을 함께 견디며, 실뱅이 매일 오전 11시에 사라져 화장실에 가는 것을 함께 보는 일이었다. 프랑스 전 사회가 같은 길을 걸었다. 거대한 오픈 스페이스가 되었다.

2029년 폭동으로 전성기를 맞이한 소셜네트워크는 미래는 메타버스에 있다고, 가상현실로 통하는 헤드셋 덕분으로 인간은 물질세계에서 벗어날 수 있다고 약속했었다. 누구도 그 반대의 시나리오는 예상하지 않았다. 연결된 헤드셋과 안경이 없어도, 매일 자신의 아바타가 되는 놀이를 하는 사회 말이다.

테사가 샤워하고 나왔다. 욕실은 화장실처럼 몸만 가려질 정도인 중간 높이의 불투명한 유리관 속에 설치돼 있다. 머리만 밖으로 보이는 구조다. 빵에 버터를 바르고 있는데, 테사가 다가와 볼에 입을 맞춘다.

"내가 뉴욕 여행 애기했었나?"

(기억이 없다.)

"우리 영어 선생님 말이야, 미스터 비글이 유엔의 세계 고등학생 모의 총회에 데려갈 학생을 한 명 뽑는다고 해서 다 같이 시험을 봤잖아. 알다시피 내가 최고점을 받았고."

(몰랐다.)

"학교 알림 페이지를 들여다보지도 않는 학부모는 엄마랑 아빠밖에 없다고."

(교사가 아이들에게 전달하기 전에 부모에게 먼저 성적을 보내 오는 이 시스템에 나는 동의하지 않는다.)

"어쨌든, 그게 문제가 아니고, 그러니까 미스터 비글이 나를 뽑는 게 정상이고, 논리적인 절차잖아. 하지만 그 선생님은 밥티스트를 선호해."

(이 아침의 모놀로그는 끝날 기미가 없다.)

"왜 걔냐고? 간단하지. 남자애니까."

(여고생이 고드윈 법칙에 이르렀다.)

"엄마가 무슨 생각하는지 아는데, 선생님 논리가 정말 기절이었어. 뭐라고 했냐면, 테사, 미안해. 교장 선생님이 여학생 뽑는 걸 금지하셨어. 안전 문제 때문이야. 교장 선생님은 위험한 상황이 벌어질까 봐 걱정하셔. 사건이 너무 많지 않니. 어쩌고저쩌고. 교장 선생님은 남자를 믿지 않는 사람이잖아. 그러니까 페미니즘이라는 이름으로 내가 차별당한 거야. 웃기지 않아?"

미처 웃을 시간도 없이 주방 유리 벽으로 보라색 입을 갖다 대는 카티를 보고 깜짝 놀라 뛰어오를 뻔했다. 카티는 테사의 단짝 친구로, 테사의 사악한 버전이라고 할 수 있다. 내 딸은 작고 통통하지만, 카티는 키가 크고 말랐다. 내 딸이 과장된 롤리타 느낌이라면, 카티는 죽음에 매료된 아이다. 카티가 내게 단도직입적으로 물었다.

"그러니까 아줌마가 사건을 맡게 되신 거예요? 욕실에서 핏자국이 발견됐다면서요?"

대답하지 않았다. 테사가 인사 대신 문을 세게 닫고 나간다.

투명사회에서 뉴스가 퍼져 나가는 건 순식간이다.

과학수사대는 지난밤 루아예뒤마 주택 욕실에서 극소량의 핏자국을 발견했다. 대단한 증거는 아니지만, 피는 아이 어머니의 것으로 밝혀졌다. 로즈 루아예뒤마.

32

V

로즈

모든 유리 주택이 그렇듯이, 루아예뒤마 주택도 단층의 반투명 유리 블록으로 지어졌고, 유리 칸막이로 방이 구분되어 있다. 겨울에는 통창이 태양으로부터 열을 저장한다. 여름 낮에는 지붕이 열을 차단하고 밤공기가 선선해지면 지붕이 열린다. 유리 집은 일정한 규격을 따르지만, 저마다 자기 취향대로 꾸밀 수 있다. 그런데도 서민층이 사는 동네의 집들은 서로 닮아 있다. 새로운 도시계획도 계층별 격차를 넘어서지 못한 것이다. 반면 팍스톤에서는 건축가들이 솜씨를 뽐낼 여유가 있었다. 큐브 하우스라 불리는 얼음 집들은 원형 주거공간과 실내 연못이 있는 아쿠아리움 하우스를 나란히 갖추고 있다. 팍스톤은 그 자체로 현대 미술관이다. 그곳에서는 누구나 자신의 작품과 디자이너

가구, 좋은 취향을 전시한다.

루아에뒤마 가족의 집은 절제미로 구분됐다. 직선의 단순한 블록에 장식도, 예술 작품 컬렉션도 없었다. 대신 이곳에는 자연이 자리를 잡았다. 거실에 살아 있는 식물들, 스타재스민, 담쟁이덩굴이 가구를 따라 길게 뻗어 있었다. 로즈는 덩굴이 집안을 덮어 버리지 않도록 아침마다 잘라냈다. 그녀는 마치 비밀을 가꾸듯이 집을 돌보고, 실내를 장식하고, 가구를 닦고, 리넨 캔버스에 그림을 그렸다.

"우리 언니는 집을 좋아했어요. 여기는 마치 세상으로부터의 피난처 같은 느낌이 들죠, 그렇지 않나요?"

내가 언니의 물건들을 살피는 모습을 보고 올가가 다가왔다. 나이를 가늠하기 어려운 얼굴이다. 희끗희끗한 옆머리가 가느다란 목소리의 자신 없는 태도와 어울리지 않는다. 옆집에 살고 있는 올가는 아무것도 몰랐다고 밝혔다.
"깜빡 잠이 든 게 오후 4시경이었을 거예요. 맞아요, 4시쯤. 나는 오후에 늘 낮잠을 자거든요. 일어났을 때가 6시경이었어요. 가족들이 이미 사라지고 난 뒤였죠."
"언니와 가까웠나요?"
올가는 집게손가락으로 몬스테라 잎의 먼지를 쓸어내렸다.

"네, 언니는 저에게만 속 얘기를 했어요. 다른 사람들하고는 거의 말을 안 했죠. 나한테는 숨기는 게 없었어요."

나의 동료이자 친구인 니코가 방을 수색하는 동안, 나는 거실에 쭈그려 앉아 쌓여 있는 그림들을 살펴보았다. 전부 숲속에 있는 여자 그림이었고, 모두 같은 여자였다. 여자의 표정은 작품마다 다양했다. 어떤 작품에서는 겁에 질려 보이고, 어떤 작품에서는 우울해 보였으며, 대부분은 어쩔 줄 몰라 당황한 모습이었다. 어떤 작품에서는 한 줄기 빛이 어둠을 뚫고 그리스도의 후광처럼 여자의 얼굴을 비추었고, 어떤 작품에서는 어둠이 너무 짙어서 형체를 알아보기도 힘들었다. 올가는 로즈가 자신을 잃을지 모른다는 공포 속에서 끊임없이 자화상을 그렸다고 했다. 타인의 시선 속에서 자신을 잃지 않기 위해 자신의 이미지를 붙잡고 싶어 했다고, 이 투명한 세상에서 자신만의 공간을 만들고 싶어 했다고. 고통스러운 작업이었다. 자기감정의 본질을 포착하려고 애쓰면서, 가끔 작품이 마음에 들지 않으면 충동적으로 붓을 버리고 손가락을 사용해 캔버스 속 디테일을 수정했다. 그런 방식으로 적합한 제스처, 정확한 색, 자기만의 답을 찾아내는 때도 있었지만, 대체로 로즈는 원하는 상태에 다다를 수 없음을 자학하면서 더러워진 손에 머리를 묻었고, 노랑, 빨강, 초록이 묻은 얼굴로 스스로를 끝없이 다그치는 병적인 완벽주의를 드러냈다. 시간이 흐르면서 로즈는 점점 더 자신의 세계에 침몰했다. 그녀는 닮게 그리려고 하지 않았다, 정확해야 했다. 기교보다는 감성을 선호했고, 진실보다는 정의, 권위보다는 상식을 선호했다. 너무 명백해 보이는 것들은 거짓으로 여겼다.

"어릴 때부터 그랬어요. 바다를 그리라고 하면, 다른 아이들이 빛나는 태양 아래 파란 하늘과 파도를 그리는 동안 언니는 심해와 절대적인 어둠을 상상했어요."

올가는 언니가 자신에게 말도 없이 떠났을 리가 없다고 걱정했다. 둘은 옆집에 살면서도 매일 통화할 정도로 서로를 무척 아꼈다면서. 로즈에 대한 올가의 묘사는 다정했다. 반면 언니의 남편에 대해서는 그렇지 않았다. 올가는 그 거칠고, 육식동물 같은 남자 미구엘을 전혀 좋아하지 않았다고 말했다.

"언니가 그렇게 동물을 좋아했는데도 형부는 일요일마다 사냥을 했어요. 언니는 매번 형부가 가지고 들어오는 여우 시체를 봐야 했어요. 가끔은 토끼 고기를 토막 내기도 했는데, 우리가 불평하면 오히려 뭐라고 했어요. 그동안 어떤 동물인지도 모르고, 또 얼마나 고통받으면서 사육됐는지, 그 희생과 피의 색깔조차 모르면서 비닐 포장된 고기를 사다가 먹었던 건 괜찮냐고요. 형부는 언니의 정반대였어요. 언니는 비밀스러웠지만, 그 사람은 말이 많았고 상스러웠죠. 언니는 우아했어요. 그 사람은 육체적으로도 볼품이 없었어요. 언니는 보기 드문 미인이었고요. 너무 여리여리해서 고등학생 때 남자애들이 감히 다가오지도 못했다니까요."

올가는 휴대폰에 저장된 커플의 사진을 보여 주었다. 작년 겨울에 찍은 사진이었다. 구부러진 속눈썹 속 밤색 눈동자와 솜털 같은 피부, 적갈색의 흐트러진 긴 머리카락을 가진 로즈는 숲을 닮아 있었다. 코는 나미키 펜으로 새긴 듯 가늘고 길쭉했다. 오른쪽 눈 아래에 난 점은 추위에 장밋빛이 된 둥근 광대를 돋보이게 했다. 반면 미구엘은 장발에 거친 수염이 있는 엄청난 근육질로, 올가는 그를 볼 때마다 멧돼지가 떠올랐다고 했다.
"나쁜 사람은 아니에요, 절대로. 하지만 다혈질이죠. 욱해서 화를 내는 종류의 남자요."
올가가 강조하며 물었다.
"그런데 총은 찾았나요?"

나는 올가의 모든 진술을 낱낱이 기록했다.
만약 자신을 직접 소개하지 않았다면, 그녀가 로즈의 동생이라고 절대 믿지 못했을 것이다. 올가는 동그랗고 두꺼운 안경을 썼고, 한 마디를 끝낼 때마다 기지개를 펴듯 팔에 비해 긴 소매를 잡아당겼다. 또한 걸음이 서툰 아이처럼 한 발에서 다른 발로 몸을 기대며 뒤뚱뒤뚱 움직였다. 밀로에 관해 이야기할 때는 안경에 김이 서렸다.

37

"나는 아이를 낳은 적이 없어요. 혼자 살아요. 밀로는 내 아들과 같은 아이예요."

니코가 내게 따로 할 말이 있다며 대화를 끊었다. 올가가 자리를 뜨기 전에 나는 마지막 질문을 던졌다.

"혹시 친구나 이웃 중에 11월 17일에 태어난 사람이 있나요?"

올가는 추호의 망설임도 없이 모른다고 대답했다. 설명할 수는 없지만, 그 확신에 넘치는 태도가 오히려 수상하게 느껴졌다. 생각도 해 보지 않고, 소매를 잡아당기지도 않고, 이쪽 발, 저쪽 발에 번갈아 기대며 뒤뚱거리지도 않고 없다고 대답하는 모습이 석연치 않았다. 악수를 나누고 그녀는 멀어졌다. 고개를 숙이고 걸어가는 모습이 마치 구술시험에서 좋은 점수를 거두다가 결론을 제대로 말하지 못해 비참하게 시험을 망쳐 버린 학생 같았다.

니코가 하얀 상자를 건넸다.

"밀로 방에서 찾은 건데 한번 봐. 가족들의 신발 끈이 다 담겨 있어. 신발에서 빼낸 거야. 입구 신발장을 확인해 봤는데, 모든 신발에 신발 끈이 없어. 그거 말고는 특별히 이상한 점은 없는 상태야. 내가 보기에도 그렇고, 감식반도 별거 없다고 그러고. 블루스타로 검사했는데, 다른 혈흔도 전혀 없었어. 목격자도 여전히 나타나지 않았고."

VI

팍스톤

안전관리인으로 전락한 이후, 팍스톤은 한 번도 내 담당 구역에 포함되지 않았다. 상사인 뤼크 부아롱은 이 지역을 도시에서 가장 안전한 동네로 분류했다. 거주자들이 각자 사설 경비 서비스를 이용하고 있는 만큼, 우리 팀이 여기로 파견되는 일은 없었다. 이 동네에 사는 기타리스트와 두 달가량 사귀었던 내 딸 테사의 과학적 분석에 따르면, 팍스톤은 돈 많은 백인들의 동네다. 루아예뒤마 가족이 사라졌다는 소식에 테사는 이렇게 말했다. 엄마도 가서 보면 알 거야. 거기는 베벌리힐스야. 프로듀서, 건축가, 아티스트 같은 문화 엘리트들만 사는 동네. 게이들도 꽤 있지. 미친 사람들도 몇몇 있고.

　돌아보니, 꽤 정확한 진단이었다.

투명화는 전국에 같은 효과를 가져왔다. 소셜네트워크 속 커뮤니티는 이제 실재했다. 온라인으로 의견을 공유하던 서로 닮은 가상의 친구들은 오프라인의 이웃으로 모였다. '함께 살기'는 '우리끼리 함께 살기'가 됐다. 급진적인 페미니스트들은 남자를 금지하는 동네에서 함께 살았고, 덜 급진적인 페미니스트들은 저마다의 기치 아래 남자들을 허용했다. 전통 가족주의자들은 도시 가장자리에 세력을 꾸렸고, 신앙심이 깊은 이들은 교회, 성당, 유대교회당 혹은 이슬람사원과 같은 종교시설 근처에 모여 살았다. 일부 게이들도 그들끼리 모여 사는 선택을 했다.

종종 "동네 탈주자들"도 발견됐다. 어떤 남자는 이혼 후 게이 동네에 합류했고, 어떤 여자는 이혼 후 독신자 마을에 합류했다. 사람들은 세월의 흐름에 따라 도시를 옮겨 다녔다. 자신의 지역을 정하지 못한 사람들은 교차점에 살았다(테사의 친구인 에블린은 흑인 지역과 레즈비언 지역의 교차 지점에 산다). 노인들은 편의에 따라 모였다. 노인 지역에서는 차를 마시는 댄스파티가 자주 열렸고, 많은 전문의들이 그곳에 병원을 열었다. 영안실도 근처에 있지만, 누구도 그에 대해선 거론하지 않는다.

팍스톤 주민들의 공통점은 단 한 가지, 돈이다. 상속받은 돈이 아닌 새로운 돈. 집안에 오래도록 쌓아 둔 돈이 아닌 성공의 돈이다. 영화를 제작하거나 협회를 후원하는 유용한 돈이다. 팍스톤 사람들은 자기들 지역을 관용과 자비의 천국으로 소개한다. 그곳에서 이성애 가족들은 동성 가족, 여성 및 남성 독신자들과 교류하며 지낸다. 셀럽들은 창문 앞에 응집한 팬 무리를 발견할 위험 없이 평화로움을 누린다. 아이들은 같은 학교에 다니고, 부모들은 외국인 보모의 연락처 같은 인력 정보를 보석이야, 아주 괜찮아, 하며 주고받는다. 그야말로 사회에서 성공적으로 자리 잡은 40대들의 다양한 정보와 노하우가 흘러 다니는 동네다. 그들은 그들을 위해 일하는 사람들에게 급여를 풍족히 지급하고 1년에 5주의 휴가를 준다. 팍스톤에서는 평판이 중요하므로. 그럼에도 열린 사고방식을 예찬하는 이 엘리트들이 경비원을 내세우고 폐쇄적으로 사는 이유는, 다른 지역 사람들의 질투심과 부러움을 자극하지 않기 위해서다. 생활수준이 같지 않은 사람들을 도발하는 건 교양 없는 일이죠. 내 딸의 전 남자친구인 기타리스트 노에가 말했었다.

VII

파스톤, 야외, 밤

저녁 내내 동네를 걸어 다녔다. 밤이 되면 더 잘 보인다. 곁눈질
한 번으로도 열쇠를 부수고 사람들의 집에 침입할 수 있다. 이
느낌이 좋다. 나의 시선은 교묘히 집 안 복도를 지나 방과 욕실
로 들어간다. 비밀스럽고 무례하게. 그곳에 낯선 이들이 있다.
나는 민첩한 숨결이자, 빛의 입자이며, 그저 영혼에 불과하다.
나는 고양이를 쓰다듬고, 티셔츠를 입은 남자가 잔을 비울 때
내 잔을 채운다. 통창이 열려 있어 길까지 로즈마리 향이 밀려
온다. 조리대 위에 있는 크림소스 오르키에테 파스타를 맛본 것
같은 기분마저 드는데, 남자가 그 위에 올리브유를 두르고 파르
메산 치즈를 갈아 넣는다.

조리대는 대리석으로 만들어졌다. 빨간색 잠옷을 입은 남자

아이가 벌써 식탁에 앉아 있다. 아버지와 아들, 둘만 사는 집이다. 엄마는 방마다 설치된 흑백의 디지털 스크린에 모습을 드러낸다. 부모 방에 놓인 침대에는 베개가 하나다. 나는 비밀스럽게 다가간다. 창가의 머리맡 테이블 옆으로 폴이라는 이름이 서명된 아이의 그림 액자가 놓여 있다. 파란 바다, 눈부신 햇살. 햇님이 웃고 있다. 올가가 자기 학대적인 언니의 성격에 대해, 광기의 전조증상에 대해 강조하던 방식을, 그 말들을, 다시 한번 생각한다.

벌써 저녁 9시. 길을 건넌다. 팍스톤과 그 주민들의 모든 것을 알고 싶다. 그들을 만나기 전에 현미경으로 샅샅이 들여다보고 싶다. 루아예뒤마 주택 테라스에서 주변을 바라보면 파노라마 같은 전경이 펼쳐진다. 사라진 가족의 집을 마주하고 사는 사람들의 얼굴이 보인다. 그들의 이야기를 전부 들어야 한다. 지금은 누구나 자기 이웃을 알고 지내는 시대다.

집 주변은 말끔하다. 루아예뒤마 주택은 네 집에 둘러싸여 있다. 우선 오른쪽으로 TV 앞에 무기력하게 앉아 있는 올가의 집이 보인다. 담장 위에 알루미늄과 강화유리로 지어진 온실 같은, 공장 스타일의 집이다. 문 앞에 난쟁이 인형 두 개가 놓여 있다. 정원에 서 있는 난쟁이 인형을 보는 게 몇 년 만인지 모르겠다. 거실 테이블 위에는 식탁보와 영국 국기 색깔의 커피잔,

청동으로 만든 자유의 여신상과 수공예 도자기가 놓여 있다. 마치 기념품 가게 진열대 같다.

앞집은 덜 어수선하다. 반투명 큐브형 집에 아이 없는 커플이 살고 있다. 루와 나디르의 집이다. 나는 정확히 그들이 사랑을 나누고 있는 순간 도착했다. 최소한의 사생활 보호를 위해 관 형태의 침대를 들인 사람들이 있다. 작동 원리는 단순하다. 두 사람이 각자 양쪽에서 암묵적 동의를 의미하는 작동 버튼을 누르면, 침대가 상자처럼 닫히게 된다. 문제가 발생할 경우, 안에서 위급 버튼을 누르면 상자가 열리고, 사설 경비원에게 경보가 발령된다.

커플의 침실은 좀 전에 본 요리 잘하는 아버지와 아들 폴이 사는 집의 통창 쪽으로 향해 있다. 폴과 아버지는 루아에뒤마 가족 실종 당일에 집에 없었다. 놀이터를 사이에 두고 두 집이 남았다.

하나는 **투명화** 운동의 열렬한 행동가이자 주민 정찰대의 종신 멤버인 건축가 빅토르 주아네의 집이다. 그를 기억하고 있다. 수백만 명의 프랑스인들처럼 나도 2029년 그의 연설을 보았으니까. 그의 열두 살 딸 살로메가 태블릿 컴퓨터에서 눈을 떼지 못하고 있다.

그리고 마지막으로, 전형적인 팍스톤 주민, 카렐 가족의 집이다. 필로멘과 조안 카렐은 공 모양의 집에서 완벽한 두 아이와 함께 살고 있다. 딸과 아들이 잠자리에 들기 전 호흡 훈련을 하고 있다.

조안이 쌍안경을 꺼내 들었다.

그가 나를 지켜본다.

VIII

다비드

시간이 늦었지만 다비드는 아직 잠자리에 들지 않았다. 소파에
앉아 무릎 위에 잡지를 올려놓고 나를 기다리고 있다. 밖에서
보니 호퍼의 그림 〈뉴욕의 방〉 같다. 한 남자가 소파에 앉아 신
문을 읽고 있다. 화가는 그림의 중앙에 문을 그려 놓았고, 이 문
은 그림 속 두 인물을 갈라놓는 것처럼 보인다. 방은 환하고, 두
인물의 내면은 쓸쓸하다.

내가 코트를 벗기도 전에 다비드가 비수 같은 말을 던진다.

"몇 년 동안 바람을 피웠어. 거의 숨기지도 않았는데, 당신은
아무 말도 하지 않았지."

그가 나를 질책하는 톤으로 자신의 외도를 고백한다. 며칠 전부터 나는 더 이상 그에게 신경을 쓰지 않고 있다. 이 사건의 수사를 맡고 잃어버렸던 아드레날린을 되찾았기 때문이다. 가족의 실종 자체가 즐거운 건 아니지만 새로운 사건이 모험이었던 젊은 시절로 돌아간 듯한 기쁨이 있다. 다비드는 신이 난 내게 복수하고 싶은 것 같다. 집 앞을 지나는 주민 정찰대가 보인다. 나는 엄지손가락을 들어 인사한다. 아무 일 없어요. 다비드가 내게 다가와 양손으로 내 머리를 잡고 슬며시 미소 짓더니 목에 입술을 갖다댔다.

"당신을 더 이상 사랑하지 않아, 엘렌."

그가 희열에 차서 모든 음절에 힘을 주고 말했다. 심장이 두근거리고, 동맥과 신경과 팔, 그리고 손가락 끝에까지 피가 요동친다. 전류가 흐르는 느낌에 주먹을 세게 쥐었다.

사랑이 식기 시작한 것이 언제부터였는지는 몰라도, 이후 다시 꺼지지 않을 폭력이 11월 그날 밤부터 분출했다는 건 안다. 우리는 어쩌다가 이 지경에 이르렀는가. 다비드는 내 반응을 기다리는 것 같았다. 나는 그저 그의 볼을 쓰다듬은 뒤, 피아노를 치기 시작했다. 그가 잡지를 펼쳤다.

다음 날 아침 스쿠터에 탄 니코와 마주쳤다. 선글라스까지 쓰고 있다. 본인은 스타일이 산다고 생각하겠지만 촌스럽기는 마찬가지다. 그의 옷 입는 스타일은 매번 의도에서 빗나간 결과를 낸다. 우아하게 보이려고 입으면 장례식장 직원 같고, 캐주얼한 느낌으로 입으면 그냥 아무렇게나 입고 나온 느낌이 나는데, 그중에서도 아무 생각 없이 입고 나온 날이 정말 최악이다. 코듀로이 셔츠에 청재킷을 입은 그런 날. 그 모습을 보고 있노라면 경찰이 유니폼을 입던 시절이 그리워진다.

"어젯밤에 다비드랑 있는 거 봤어. 그렇게 몇 년을 같이 살아도 애정표현이 한결같고, 보기 좋아."

다행히도 비꼬는 말은 아닌 것 같았다.

"우리가 운이 좋지."

시시콜콜 내 이야기를 할 기분이 아니다. 동료이자 앞집 이웃인 그는 이미 많은 것을 알고 있다. 니코가 헬멧을 건넨다. 그는 나를 그리용에 데려가려 한다.

동네 입구의 팻말에 쓰인 글귀가 그리용의 분위기를 말해주고 있었다. 팻말에는 18세기 우화의 마지막 문장이 적혀 있는데, 나비의 화려함을 부러워하던 귀뚜라미가 포획당한다는 내용이다.•

세상에 나가 빛나려면 너무 많은 돈이 든다.
이 깊은 은둔이 얼마나 좋은가! 나는 깊은 은둔을 얼마나 사랑하는가!
행복하게 살기 위해 숨어 살자.

그리용에서는 누구도 세상에 나가 빛나려 노력하지 않는다. 주민들은 과밀집된 아파트, 콘크리트 벽과 칸막이가 있는 소규모 빌라에서 살고 있다. 누군가는 그럴 여유가 없어서, 누군가는 개인의 의지로 투명사회 밖에 살고 있고, 그들에게는 그럴 권리가 있다. 갈수록 이런 선택을 하는 인구가 줄어드는 추세

• Grillons. 마을 이름인 그리용은 프랑스어로 귀뚜라미를 뜻한다.

다. 대부분은 뭐 숨길 게 있는 거 아니야? 하는 의심의 눈초리로 그들을 바라보는 사회적 시선에, 혹은 아이들을 생각해, 아이들이 안전해야지! 같은 주변의 지적에, 또는 사람들이 다 당신들처럼 하면 세상이 어떻게 되겠어? 사방에서 쏟아지는 비난에 결국 투명사회 안으로 들어오고 만다.

우리 안전관리인들은 그리용의 일에 개입할 수 없다. 옛 시절 경찰과 다르게, 우리는 무기를 소지하지 않는다. 무력을 사용하면, 과거 사회의 시선이 우리를 유죄로 만들었던 것처럼 실수와 사고의 위험이 커진다.

대신 그리용에 입주하려면 안전관리인의 보호를 포기한다는 조항에 서명해야 한다. 불필요한 위험을 감수하는 사람들의 안전을 위해 시민들이 돈을 댈 책임은 없어요. 또한 투명화를 거부했으므로 그리용 주민들은 CCTV 설치를 받아들여야 했다. 그리용은 중앙정부가 CCTV 카메라를 설치한 몇 안 되는 동네 중하나다. 그리용에 폭행이나 범죄가 있어도 안전관리인이 출동하지 않는다는 사실을 생각하면, CCTV는 무엇보다 다른 지역을 보호하기 위한 조치다. 폭력이 그리용 내에서만 발생하는 한아무 일도 일어나지 않는다. 하지만 주민 중 한 명이 다른 지역에서 범죄를 저지른다면 무슨 일을 감당하게 될지 주민들은 이미 알고 있다. 대중의 보복심리는 더욱 거세진다. 용의자의 주거지가 그리용이라는 사실이 상황을 악화해 24시간 내 반대 심리 없이 판결이 내려진다. 사안의 무거움과 복잡성 때문에 TV

토론으로 이어지는 사건도 있다. 방송 프로그램 〈유죄추정〉은 패널들이 각자 자신의 관점을 밝히면 방송의 마지막에 시민들이 온라인으로 투표하고, 집행관이 생방송으로 결과를 발표한다. 추후 한 번의 재판으로 유죄가 확정되면 선고받은 자는 그날 저녁 바로 감옥에 수감된다. 투명화 방침에 따라, 각 방의 벽면이 반사거울인 감옥으로, 모든 사람이 수용자를 볼 수 있지만 수용자는 자신의 모습밖에 볼 수 없는 곳이다. 이 감옥의 수용자 중 94퍼센트는 그리용 출신이다. 대부분 종신형을 선고받았다.

니코가 나를 그리용 남쪽에 데려왔다.

여기에 오려면 그리용 북쪽의 도시 외곽을 가로질러야 한다. 온갖 보복의 진원지, 마약과 밀수 담배 거래의 중심지며, 크랙 중독자들이 모여든 게토이자 성매매업자와 불법 이민자, 그리고 너무 가난하거나 병들어서 사회가 보고 싶어 하지 않는 모든 이들의 거처로 등록된 변두리 지역.

그리용 남쪽은 황무지와 텅 빈 초원으로, 사람이 살지 않는 아파트와 버려진 농장이 있다. 거리에서는 갈 곳 없는 개들을 만나게 된다. 그들 역시 사람에게서 버려졌다. 그네 소리와 바람 빠진 고무 수영장, 토마토 몇 개가 자라난 텃밭이 버려진 것처럼. 불법 이민자들이 장미 화단에 널어놓은 빨래가 보인다. 마지막으로 그리용에 이주해 온 이들은 가치를 더 이상 인정받지 못하는 것들에 집착하는 소외된 반항아들이다. 어떤 이들에게는 빈민가의 불량배, 다른 이들에게는 자유의 신념을 수호하는 투사로 여겨지는 이들.

비가 온다. 스쿠터가 속도를 낸다.

니코는 믿고 있다. 만약 어떤 석연치 않은 이유로 루아에뒤마 가족이 사라진 거라면, 그들은 여기에 숨어 있을 거라고. 미구엘의 아버지가 그리용에 산다. 그는 그 고립된 집에서 결코 떠나려 하지 않았다.

X

파블로

"거짓말 마쇼, 당신들 경찰이잖아. 세상 사람 모두가 경찰이 됐지. 뭘 알고 싶은 거요? 내가 가족을 숨겼냐고? 나는 아무것도 모르니까 그만 나가시오."

폭우를 맞으며 서 있는 파블로의 투박한 손에 안전장치가 열린 20구경 샤푸이 소총이 들려 있다. 올가는 미구엘을 멧돼지 같다고 묘사했는데, 그 아버지도 땅딸막하고 거칠고 무뚝뚝하다. 갈라진 피부는 수분이라고는 모르는 것 같고, 빗물이 얼굴 주름 사이로 흘러 내린다. 침착하게 거리를 유지하지만, 경계를 늦추지 않으며 공격할 준비를 하고 있다.

"이 집에 당신들이 있는 걸 보여 주고 싶지 않소. 여기 사람들은 골치 아픈 일이라면 딱 질색하지."

니코가 내 팔을 툭 쳤다, 마치 그만 돌아가자고 말하듯. 니코는 스스로 만든 영웅주의에 도취되어 세상 고생스러운 일은 다 휘젓고 다니지만, 작은 문제에도 금방 녹아내리는 타입이다. 비가 오는데도 선글라스를 계속 쓰고 있다. 나는 그의 미숙함과 성마른 기질에 관대한 편이지만 이번만큼은 짜증이 난다.

파블로는 우리를 안으로 들일 생각이 없다. 나는 화장실만 잠깐 쓸 수 있냐고 물으며 화장실만 들렀다가 바로 나가겠다고 약속했다. 그가 허락하며 니코에게 말했다.

"자네, 겁쟁이는 밖에 남아 있어."

집 내부는 엄격하게 절제된 느낌이다. 냉장고는 구식이고, 커피 테이블도 창문도 TV도 없고, 탈색되고 금이 간 가죽 소파와 눈을 뗄 수 없는 책장이 있다. 도시의 주택에서 책장은 점점 사라지는 추세다. 사람들은 이제 가볍고 편리한 디지털 태블릿을 선호한다. 무엇보다 책의 최신본을 읽을 수 있기 때문이다. 출간 이후에도 작가들이 책을 고칠 수 있게 되면서, 책은 시대에 맞게 진화하고 있고 더 이상 과거에 멈춘 먼지 쌓인 물건이 아니다. 출판사들은 전문 편집자를 채용해 작가 대신 특정 부분을 재작업하고 삭제하기까지 한다. 태블릿 책 덕분에 하나의 작품을 세 가지 버전―연구자를 위한 최초 버전, 성미 급한 사람들을 위한 요약 버전, 그리고 가장 섬세한 사람들을 위한 표준 버전―으로 읽을 수 있는 시대다.

책장에서 책등이 안쪽으로 가고 책 단면이 밖으로 나오게 반대로 꽂힌 책 한 권을 발견했다. 미구엘 루아예뒤마의 2025년 출간 시집으로, 제목은 《나직한 밤》이다.

"아들의 책장이요. 책을 많이 읽었죠."

파블로는 내 손에서 책을 가져가 잠시 바라보다가 원래 있었던 자리에 다시 놓았다. 얼굴에 긴장이 한결 덜했다.

"아들은 글도 썼다오. 아는 사람은 별로 없었지만. 부유한 동네의 고통받는 예술가 부인한테 빌붙어 사는 실업자라고 들었겠지만, 내 아들을 탈탈 털어 간 건 그 여자였소. 아들의 모든 걸 없애 버렸지. 그 여자를 만나고부터 아들은 글 쓰기를 중단했어요. 여자는 세상 모든 걸 두려워했어. 술도 끊게 했고. 술은 물론 안 좋지만. 사냥이 아들의 마지막 배출구였지. 여기에 총도 있소. 보시오. 보통 밀로를 데리고 일요일마다 여기에 왔지. 우리는 옆에 있는 숲에서 아침 사냥을 하고 오후에는 산책을 했소. 밀로가 숲을 걷는 걸 무척 좋아했거든. 나무에도 올라가고, 밤도 주워다가 벽난로에서 구워 먹고. 다음 달이면 아홉 살이 돼서 첫 사냥총을 사 주려고 했다오. 무척 갖고 싶어 했거든. 애 엄마가 무섭다고 질질 짰을 테니 완벽한 선물이라고 할 수 있지. 도시 사람들은 이런 걸 이해 못 해. 유리 감옥 속에서 안락하게, 세상의 거친 면을 이해하지 못하고 살지. 죽음도, 인간의 숙명도, 기도하는 것조차도 뭔지 몰라. 신을 살해하고 그 자리를 차지했으니까. 매끈하게 다듬어진 이 작은 세상에서는 우리가 야만인이지. 그러나 내가 확실히 말하건대, 이곳의 폭력은 그들의 폭력에 비하면 아무것도 아니오."

니코가 인스턴트 커피를 데워 주는 파블로의 말을 끊지 않고 묵묵히 들으며 메모했다.

"미구엘은 일요일마다 나를 보러 왔소. 지난주 일요일까지. 한 번도 빼먹지 않았지. 아들은 팍스톤을 싫어했소. 두고 보시오, 곧 소문이 들릴 거요. 사람들은 다들 의견이 있지."

XI

니코는 가 봐야 했다. 인터넷에서 만난 여자와 약속이 있다고 했다. 그는 항상 갈색 머리에 살짝 통통하고 키가 크지 않은 여자들만 선택한다. 사랑을 비웃는 그는 오로지 잠자리에만 관심이 있다.

내게 어떻게 할 거냐고 물어서, 조금 더 남아 일하겠다고 대답했다. 이웃 수사를 끝내기 위해 아직 만날 사람들이 있다고. 실은 집에 들어가기보다 팍스톤에 가는 게 좋다. 오늘 저녁에는 다비드가 집에 있을 거고, 마치 아무 일 없었던 양 굴 것이다. 나도 똑같이 그러겠지. 우리는 행복의 테두리 바깥에 사는 걸 낙오라 여겨 우리 존재를 거짓으로, 원하는 모습으로 꾸며 내고 있다. 니코에게 우리 관계는 분해되는 중이고, 우리에게서 그가 보는 것은 그저 신기루에 불과하다는 사실을 말하지 않을 작정이다. 종종 묻는다. 도대체 언제 어느 날부터 우리는 이 인형의 집에서, 파스텔 톤의 데코레이션 속에서 살고 싶어 했던 것일까. 둘만의 내밀한 시간조차 환한 조명 아래 있다. 이것이 비단 어제오늘의 일은 아니다. 투명화는 투명화 선언 이전에 이미 탄생했다.

또렷이 기억하고 있다. 2020년대에 이미 패션은 인플루언서가 장악했고, 그들은 좋든 나쁘든 가리지 않고 온갖 것들 앞에서 밝고 경쾌한 얼굴로 황홀경을 연출하며 브랜드의 돈을 받았다. 과거 모델들과의 차이점이라면 이들은 비즈니스와 사생활을 마구 뒤섞어 화장실에서부터 침실까지 자신을 드러냈다는 것이다. 그 무엇도 매복한 공작의 눈과 같은 카메라 초점에서 벗어나면 안 됐다. 화장품이나 음식, 건조기, 헤어드라이기를 팔며 혼자서 할 수 있는 일이 끝나면, 커플과 결혼사진 같은 것들을 팔았고, 신시장 개척을 위해 아이를 낳았다. 초음파 사진부터 출산, 아이의 첫 걸음마, 첫 다이빙까지 모조리 공개했다. 누구도 자기 아이에게 의견을 묻지 않았다. 사이버 커뮤니티가 가족이 되고, 모르는 이들에게 친구처럼 말을 걸 수 있게 된 이상, 동의는 중요한 문제가 아니었다.

나 또한 그렇게 생각했었다. 약간의 질투와 작지 않은 부러움으로 그 사진들을 구경했다. 행복은 너무나 간단해 보였다.

어떤 호텔에 가고 어떤 레스토랑에서 밥을 먹고 어떤 화장품을 사고 어떤 옷을 사고 어떤 코치에게 돈을 내고, 또 대대적인 할인 코드를 받기만 하면 되는 것처럼. 나열되는 다른 이들의 삶을 지켜보면서 흥미로워 보이지 않는 내 삶은 잊었다. 나는 소비할 수도, 몇몇 관대한 부모님을 가진 친구들처럼 소비재가 될수도 없었다. 그런 친구들은 자신의 사생활을 찍어 올렸는데, 내밀할수록 알고리즘이 그들을 부추겼다. 친구들이 몸을 더 많이 공개할수록 친구들의 사진은 더욱 광범위하게 노출됐고, 친구들은 팔로워 수가 느는 것으로 보상받았다. "좋아요는 디지털로 개사료를 주는 것과 같다." 대머리 철학 교수인 아버지는 반복해 말했다. 그리고 소셜네트워크 활동을 금지했다. 나는 아버지와 둘이 연립주택에 살았고, 죽을 만큼 지루했다. 그는 말했다. "책 읽어라." 마치 "약 챙겨 먹어라"라고 말하듯이. 내가 그 말을 들을 거라 여기면서.

나는 책을 좋아했다. 문제는 책을 더 이상 좋아하지 않는다는 게 아니라, 그것을 어떻게 작동시켜야 할지 모른다는 데 있었다. 거기에는 측면 버튼도, 절전모드도 없었다. 두세 페이지를 집중해 읽어도 짜증이 나도록 심장이 뛰었다. 문장들은 너무 길었고, 너무 말이 많았으며, 나에게 해당되는 이야기도 아니었다. 읽고 이해하기 위해서는 내가 노력해야 했다. 스마트폰은 훨씬 강력했다. 내게 무엇도 요구하지 않았고, 나의 욕망을 예상했으며, 전부 대가 없이 주는 것 같았다. 한참 후에야 스마트폰 속

세계가 나의 권태를 이용했고 그 세계의 모든 이들에게 나의 시간을 지불하고 있었다는 사실을 깨달았다. 자매애와 포용이라는 미명 아래 사춘기 여학생의 콤플렉스를 이용해 돈을 벌던, 그 말만 번지르르했던 이들을 나는 믿었다.

아버지의 죽음 이후 몇 년 후에야 나는 내가 그를 이해한 적이 없음을 깨달았다. 나는 나만 생각했고 그를 외면했으며 우리의 일상을 부끄러워했다. 나는 특징 없는 우리의 연립주택이, 현관 입구의 고양이 조각상과 그의 조개껍데기 소지품 함이, 우리의 집 전화기가, 그가 간직하고 있던 떠나 버린 엄마의 사진이, 그의 침실 카펫이, 내 방의 벽지가, 시시한 우리의 하루하루가, 인스타그램에 절대로 올리지 않을 그 모든 것이 수치스러웠고, 그래서 이제 나는 어느 집 현관에 놓인 조개껍데기 모양의 소지품 함을 볼 때면 울지 않을 도리가 없는 것이다.

XII

필로멘 카렐

만화경 같은 유리 도시가 동시에 불을 밝히면, 사방으로 경박한 달콤함이 퍼져 나간다. 팍스톤에서 루아예뒤마 가족의 이웃 중 하나인 필로멘 카렐을 만났다. 실종 사건 당일 저녁 신고했던 여자다. 미니멀리즘 스타일의 원형 주택에서 남편과 두 아이와 살고 있다. 필로멘은 홈메이드지만 본인의 솜씨는 아닌 레몬케이크를 내놓았다. 아이들은 학교에 갔고, 건설회사를 경영하는 남편은 출근했다. 비숑프리제가 소파 위에 앉아 있다. 필로멘은 모닥불이 타오르는 스크린을 켰다. 밖에는 비가 그쳤다.

"괜찮으시면 신발을 좀 닦아 주실 수 있을까요? 이 카펫이 값이 좀 나가는 거여서요. 벵골에서 직수입한 거거든요. 아, 벵

골이 어디에 있는지는 몰라요. 뭐 중요하지 않죠."

그녀가 한 손으로 카다멈 차를 따르다가 물이 넘쳐 마루 위로 떨어졌다. 그녀는 닦지 않는다. 나는 집 인테리어가 예쁘다고 알아봐 주었다.

"돈이 있으면, 좀 더 쉽죠."

그녀가 다소 민망해하며 대답했다.

"있잖아요, 나 여기까지 오기 위해 정말 많이 노력했어요. 남편이 회사 설립할 때도 옆에서 도왔고, 투명화 혁명 때 빅토르 주아네가 냈던 경쟁 입찰도 남편과 같이 작업해서 따낸 거예요. 이후로 빅토르와는 친구가 됐죠. 우리는 아주 작은 것까지 맡아 했어요. 나는 몇 년 동안 투명화 운동에도 참여했어요. 그때 내가 스무 살이었거든요, 리벤지 위크 직후, 세상을 바꾸고 싶어서 투쟁했죠. 해야 할 일이 많았어요. 주농에 합류했고요. 주농은 예를 들면 병원 같은 곳에 투명화를 적용하는 데 성공한 단체죠. 우리는 환자 진료에 언제나 프랑스 의사 두 명이 협진한다는 원칙을 얻어냈어요. 그 결과로 산부인과 환자가 진료실에서 남자 의사와 단둘이 남겨지는 순간은 사라지게 됐죠. 이 아이디어가 유럽 전역과 미국에까지 전파돼서, 의사 두 명의 협진이 통례가 됐잖아요. 무척 자랑스럽게 생각해요. 그렇지만 이런 말씀을 드릴 수는 있겠어요. 나는 이제 원하는 모든 것을 얻었고 우리 사회는 옳은 방향으로 개혁됐지만, 종종 옛 시절, 그때의 분노 같은 것이 그립기도 하다고요. 나는 얼마나 깨어 있는 여성이었던가요."

그녀가 흐트러진 금발 가닥을 올림머리 속으로 집어넣었다.

"아, 내 개인적인 이야기나 들으려고 여기까지 오신 건 아닐 텐데, 마담…… 뒤베른? 성이 뒤베른 맞나요?"

필로멘은 잉마르 베리만 감독의 영화에 나오는 스웨덴 여자들을 닮았다. 가족으로부터 해방됐지만 어느 순간에든 집안의 주도권을 쥐고 있고, 금발이지만 차갑지 않고 언제나 우아하며 쉽게 손에 잡히지 않는 여자들. 그녀는 꼿꼿하게 앉아서 손으로는 담뱃갑을 찾으며 말했다.

"아주 가끔씩 저에게 허락하는 사치품이에요. 담배가게에서 한 갑씩 사요. 아버지가 예전에 시가를 구입하시던 곳이죠."

이 집에서는 시간이 다르게 흐르는 것 같다. 이중유리 때문일 것이다. 방음이 부담스러울 만큼 완벽하다. 시곗바늘이 거꾸로 돈다고 해도 놀랍지 않을 것이다.

갑자기 필로멘이 나를 뚫어지게 바라보며 이야기하기를 기다렸다. 나는 녹음 준비를 하고 평소 하던 질문을 던졌다.

"마지막으로 그들을 본 것이 언제였나요?"

그녀는 살짝 미소를 띤 입술 사이로 담배를 물고 몇 초 정도 생각하는 듯하더니 창 쪽으로 다가갔다.

"그보다는 이렇게 질문해야죠. 언제쯤 그들을 놓쳤나요? 여기서 바라보면 가끔 그들의 거실에서 같이 살고 있는 것 같은 기분이 들어요. 저는 그들이 주중에도 늦잠을 자는 것이나 학교에 가는 그 집 아들이 늦게 집을 나서서 아침마다 트램을 놓치지 않기 위해 뛰는 것까지, 그 집 식구들 습관을 다 알고 있거든요. 그 집 아버지가 늦은 아침에 집을 나서서 저녁 먹을 무렵에야 들어오는 것도 봐 왔고요. 그 남자는 이런저런 아르바이트를 하며 살죠. 가끔 그리용의 낡은 도서관 일도 도왔고요. 물론 저는 그곳에는 발을 디딘 적도 없지만. 팍스톤에 살기로 한 건 로즈의 뜻이었어요. 로즈는 한때 베를린부터 도쿄까지 모든 중요한 갤러리에서 전시를 할 만큼 성공가도를 달렸고, 여성인권이나 친환경을 위한 투쟁에 참여하기도 했어요. 2029년 리벤지위크가 끝나고 친자연적인 저 집을 지었고, 자기 일을 도와주는 친동생을 위해 작은 집도 하나 더 지었죠. 로즈는 사람들의 저녁 초대에 응했고, 자기 집에서 대규모 파티를 열기도 했어요. 우리는 아주 좋은 친구였답니다. 이후에 로즈는 지금의 남편을 만났어요. 그리용 출신인데, 전시회 파티장에 로즈의 작품을 나르기로 돼 있던 친구가 갑자기 일이 생겨 그 남자가 대신 오게 되면서 두 사람이 만난 거예요. 어떤 사람들은 그가 로즈의 돈을 탐했다고도 말하죠. 어쨌든 그는 로즈를 유혹하는 데 성공했어요. 15년 전쯤, 로즈의 집에 자리를 잡았고, 우리 동네의 모든 규율을 위반했어요. 밤에 붉은 조명을 끄기도 했죠. 그건 철저히 금지되어 있거든요. 우리가 경고음을 울리면 그는 귀를 막았어요. 제 남편과도 여러 번 싸울 뻔했고요. 그 남자는 이 지역의 평화를 깨뜨렸어요. 로즈는 개입하지 않더라고요. 그저 집에만 머물면서 거의 나오지 않았고, 우리의 초대도 거절했어요. 저축해 놓은 걸 다 까먹으면서 살았죠. 그 남편이 로즈를 자기 집에 가둬 놓았던 거예요."

창밖으로 열한 명으로 구성된 단체여행객이 다가왔다. 글뢰크라는 회사 로고가 그려진 재킷에 파란색 모자를 쓰고 관광가이드처럼 옷을 입은 여자 한 명과 다섯 커플이었다. 커플들은 휴대폰을 꺼내 이 집의 모든 방을 촬영했다. 필로멘이 재빨리 담배를 끄고 일어나더니 이유 없이 진공청소기를 작동시켰다. 바닥의 더러운 곳을 스스로 감지해(좀 전에 고의로 찻물을 흘렸다고 의심된다) 바닥을 문지르고 먼지를 빨아들이며 카펫은 비누로 청소하는 지능형 이동식 청소기다. 나는 할 말을 잃고 그 모습을 지켜보았다. 단체여행객이 멀어지자 필로멘이 다시 자리에 앉았다.

"가끔 돈을 조금 받고 리얼리티 광고를 해요. 브랜드도 만족해하고, 저도 좋고요. 벤탐에 사시는 거 맞죠? 저 사람들도 벤탐에서 왔어요. 중산층의 천국이죠. 여행사가 기가 막히게 기회를 포착하고 우리 동네 투어를 만들었어요. 저 젊은 커플들은 팍스톤에서 집 인테리어와 가전제품을 구경하고 자기들 보금자리를 꾸미기 위한 영감을 얻어 가죠. 벤탐에는 우리 집과 완전히 같지만 좀 더 저렴한 버전의 쌍둥이 집들이 있다고 들었어요……. 보람을 느낀다고 말해야겠죠?"

필로멘의 아이들이 학교에서 돌아왔다. 딸 니농은 대여섯 살쯤 되어 보이는데, 장난치듯이 "나마스테" 하며 내게 인사하더니 식탁 위의 마들렌을 낚아채며 물었다.

"메이는 집에 없어요?"

메이는 유모이자 가정부로, 필로멘이 오후 휴가를 주었다고했다. 니농의 오빠인 아르튀르는 레이저 펜을 목에 걸고 내게악수했다. 내가 밀로와 아는 사이냐고 물었다.

"조금 알아요. 많이는 모르고요."

(반복해 물어보았다.)

"같은 반인데요, 걔는 친구가 별로 없어요. 동물에 정신 팔려서 혼자 다녀요."

(아르튀르는 내 뒤에 서 있는 자기 엄마를 힐끗 쳐다본다. 망설이는 목소리로 말을 잇는다.)

"동물을 아프게 했어요. 우리는 그게 별로였어요. 근데, 숙제가 있어서요, 가도 되죠?"

필로멘이 나를 따라왔다. 아들이 한 말을 마음에 들어하지 않는다는 것을, 그녀의 멍한 표정을 보고 눈치챘다. 그녀가 정신을 딴 데 둔 채 내게 "안녕히 가세요, 필요하면 언제든지 또 오시고요" 하며 정중하게 인사치레를 했다. 이제 가라는 뜻이었다.

길의 끝에 다다랐을 때, 원형의 집을 돌아보았다. 유리가 플라스틱처럼 보였다. 스웨덴 영화의 여주인공이 머리를 매만지고 담배에 불을 붙인다.

XIII

루아예뒤마 주택으로 가 현관에 붙은 보안 테이프들을 떼어 냈다. 순간 벽보다 더 두껍게 느껴지는 이 유리들의 비밀을 뚫고 들어가고 싶은 욕망을 느꼈다. 나는 벽장 안을 뒤지고, 냉장고를 열어 보고, 이미 수색한 곳을 열두 번 더 살폈다. 구석에 쌓여 있던 로즈의 자화상들을 하나하나 뜯어보았다. 모든 작품의 뒷면에 검은색 잉크로 그녀의 결혼 전 이름인 '로즈 들라주'가 서명되어 있다. 깊은 가을의 색채. 그녀의 실루엣 뒤로 미스터리한 오라가 보인다. 로즈는 이 모든 자화상 속에서 결코 혼자가 아니다. 그림자가 그녀와 함께하고 있다. 최근작일수록 그림자가 뚜렷하다. 최근작일수록 더 무섭다.

이웃들은 일찍 잠들었다. 필로멘만 빼고. 이 방 저 방을 이유 없이 왔다 갔다 하고 베개 위치를 바꾸고 촛불을 켜는 것이 불안해 보인다. 가끔 내 쪽으로 시선을 던지기도 한다. 그녀를 보면 엄마 생각이 난다. 사람들 앞에서는 한없이 자상하다가, 한순간에 얼굴을 바꿀 수 있었던 엄마. 다른 사람들 눈에는 보이지 않았지만, 나는 엄마의 눈썹 움직임 하나에도 엄마가 화가 났음을 바로 알았다. 투명한 사회에서 의무가 된 세련된 마스크를 쓰고 있을 뿐, 필로멘도 같은 종류의 사람이었다.

필로멘의 모습을 보며, 숨어서만 감정을 드러냈던 나의 어린 시절이 떠올랐다. 어렸을 때 사방의 벽들은 내 친구이면서 최악의 악몽이었다. 벽은 내 놀이와 질문들을 숨겨 주었다. 또한 연한 갈색 머리칼을 가진 한 여자의 폭풍우를 막아 주고 열린 문틈으로 포착되는 그녀의 우아함과 피붓결, 욕실 거울 속 유혹적인 눈짓, 부드러운 제스처를 숨겼다.

나의 엄마는 돌과 유리, 비밀과 빛으로 만들어진 사람이었다. 두 눈 속 연한 갈색의 아주 작은 점이 엄마의 눈빛을 우수에 젖어 보이게 했다. 엄마는 연약한 새를 닮았고, 겨울이면 두 볼이 흰색에 가까운 황금색 솜털로 매끄럽게 빛나 광대의 질감과 대조를 이루었다. 나는 엄마의 무릎에 머리를 대고 눕기를 좋아했다. 엄마는 손가락 끝으로 내 머리칼을 쓰다듬었고, 나는 두피 위로 손톱 끝이 지나는 선을 느꼈다. 그보다 더 나를 진정시

69

키는 것은 없었다. 우리는 엄마가 비디오퓨처에서 빌려오는 슬 픈 이탈리아 고전 영화들—이탈리아 고전영화는 하나같이 슬 프다는 것을 나중에야 알았다—을 함께 보았고, 〈피노키오 혹 은 길〉 같은 영화를 보면서는 같이 울었다. 저녁이 되면 엄마는 빵과 초콜릿 같은 간식을 준비해 내 책가방 속에 잼과 우유와 함께 넣어 주고, 다음 날 입을 옷을 다려서 준비해 주었다. 동네 부자들을 흉내 내어 시청 음악원에 나를 등록시키고 매주 수요 일 오후에 차로 데려다주었다. 나는 피아노와 바이올린을 배웠 지만, 두 가지 모두에 재능이 없었다. 엄마는 도서관에서 매주 내가 읽을 책을 빌려왔다. 나는 동물 이름이 들어간 추리소설을 좋아했다. 《노란 개》, 《바스커빌가의 개》, 《늑대의 밤》 같은. 나 는 열 살이었고, 조르주 심농, 코넌 도일, 메리 히긴스 클라크의 책을 탐독했다. 나는 이미 수수께끼를 푸는 수사관이 되기를 꿈 꾸고 있었다. 범인, 혹은 범인들의 정체를 추측하기를 좋아했고, 무엇보다 작가의 교묘한 책략과 거짓 단서와 조작에 감탄하며 속는 것을 좋아했다. 이런 내 야망을 이야기하면, 엄마는 늘 반 복해서 말했다. 나는 네가 다시 생각했으면 좋겠다. 네 아버지와 내 가 너한테 한 걸 생각하면 그건 너무 실망스럽지.

이따금 내가 평균 점수를 맞아 올 때면, 그걸 기회로 잡아 확 실히 못을 박았다. 이런 점수로는 어차피 너에게 선택의 여지는 별 로 없을 거야. 경찰도 괜찮지, 머리 나쁜 사람한테는. 너에게 주어진 기회가 나한테 왔으면 과외활동이니, 예술이니, 좋은 학교니 다……

그랬으면 나는 큰일을 했을 거다. 너는 너무 오냐오냐 자랐어. 다 떠먹여 주니까 당연하지.

엄마는 답안지를 채점하느라 한 귀로만 듣고 있는 아빠도 공격했다. 당신은 아무 말도 안 해? 얘가 가진 것의 반의 반이라도 주어졌으면 우리는 감사해했을 거야. 우리 부모들은 신경도 안 썼잖아. 내 부모는 포르투갈에 층층으로 집을 지을 생각뿐이었지. 돈을 거기에 다 쏟아부었어. 그러느라고 나는 바다로 여름 캠프도 못 갔고, 여름 내내 죽은 쥐마냥 집에만 있었다고.

엄마는 파리의 외곽 순환도로 건너편 병원에서 사무직으로 일했다. 일찍 출근하고 늦게 퇴근했고, 교통 체증으로 길에서 몇 시간씩 보냈으며, 병원장의 괴롭힘에 늘 스트레스를 받았고, 그 자신의 부모를 시작으로 모든 사람, 그리고 모든 일에 화를 냈다. 엄마는 내가 자신보다 성공하기를 바랐고, 그 생각에 조급해서 어떤 날은 때리기도 했다. 엄마를 따라 슈퍼마켓에 갔다 돌아와 실수로 기름병을 떨어뜨렸던 토요일을 기억한다. 엄마가 장 본 물건을 가져오려고 마지막으로 차로 돌아간 사이, 기름병은 산산조각 났고 기름은 사방으로 흘렀다. 나는 엄마가 오기 전에 기름을 닦아 내기 위해 서둘렀다. 엄마가 그날 아침 걸레질을 해 놓은 상태였다. 집으로 들어온 엄마의 첫 반응은 내 머리채를 잡고 얼굴이 바닥에 닿을 때까지 잡아당기고 또 당긴 것이었다. 그때 엄마에게 내 비명 소리는 들리지 않았을 것이다. 오직 자신의 비명 소리만이 들렸을 것이다. 마음속 깊이 나는 알고 있었다. 엄마의 분노는 단지 나의 서투름 때문이 아니라 견디기 힘든 긴장감을 토해 내고 신경을 안정시킬 필요에서 기원한다는 것을. 나는 구석에 앉아서 입술 위로 흐르는 뜨거운 눈물을 느끼며 어린아이들이 그렇듯 엉엉 울었다. 온종일 누구도 내게 말을 걸지 않았고, 나는 겁에 질려 꼼짝도 하지 않고 앉아 있었다. 엄마는 아빠에게 전화를 걸어 내가 한 일을 말하고, 또 수화기 너머의 모든 이에게 말했다. 정말 애들이란, 너도 잘 알잖아…….

엄마의 그런 말들에 나는 상처받았다. 나는 지치고 패배해 방으로 후퇴했다. 오직 책만이 나를 위로했다. 내가 사랑하는 작가들은 문장으로 나를 안아주고 침묵으로 나를 감쌌다. 세상에는 지옥과 적대의 땅이 있는가 하면, 안식처도 있고, 다정한 작은 섬들도, 절대적인 사랑과 충직한 동반자도 있다는 사실을 책으로 알았다. 나는 나보다 나이가 많은 아이들, 그러니까 작가들의 상상력에 흥분해서 늦게 잠자리에 들었다.

복도를 걸어오는 엄마의 발소리가 들리면 서둘러 머리맡의 전등을 껐다. 꽤 자주 엄마는 내게 입맞추기 위해 방에 들어왔다. 나는 엄마의 목에서 나는 향기를 들이마시며, 어떤 시도 엄마의 향기와 같을 수 없다고 생각했다. 나는 엄마를 원망하지 않았다.

나는 이 모든 것에 대해 많이 생각했다. 2029년, 프랑스에 새로운 혁명이 시작되자마자 투명화를 지지했다. 감시당할 수 있었다면, 엄마는 절대로 나를 학대하지 않았을 것이다. 자신의 폭력성으로부터 스스로를 보호할 수 있었을 것이다. 다비드에게 벤탐으로 이사 가자고 제안하며, 나는 과거에 대한 보상으로 새로운 기회를 얻는 기분이었다.

오늘 필로멘은 내가 당했던 것과 비슷한 분노를 억누르는 듯 보였다. 하지만 나의 엄마와 달리, 그녀는 참을 수밖에 없다. 그래서 담배를 피운다.

루아예뒤마 주택을 나서기 전, 지금까지 눈에 띄지 않았던 그림 하나를 발견했다. 밀로의 책상 위에 놓여 있던 작품이다. 뒤집어 보니 로즈가 아닌 그녀의 동생, 올가 들라주의 서명이 있다. 2024년, 젊은 시절의 작품이다. 올가도 그림을 그리는 줄 몰랐다. 서툴러 보이는 그녀가 미술이라니, 뭔가 어울리지 않아서 혼란스럽다. 무엇보다 그림 속에 펼쳐진 숲은 로즈의 작품에서 반복되는 모티브다. 사진을 찍어 니코에게 보낸다.

몇 년 만에 처음으로 쉼 없이 눈이 내렸다. 유리 속에 갇혀 살게 될 미래를 예견한 듯 무의식적으로 스노볼을 엎치락뒤치락 뒤집으며 놀던 옛 시절이 떠오른다.

니코는 거대한 얼음 덩어리 위에 좌초된 북극곰처럼, 흰색 목욕가운을 입고 흰색 침대보 위에 누워 있다. 눈송이가 그의 주변으로 천천히 떨어진다. 늘 그렇듯 혼자다. 지난밤의 여자들은 동이 트자마자 사라졌다.

테사는 반짝이가 달린 핑크색 핫팬츠를 입고, 전에 없던 무대를 배경으로 공연할 수 있음에 (아마도) 행복해하며 유리창 앞에서 열심히 움직이고 있다. 아빠가 아직 자고 있는데도 음악을 최대로 틀어 놓고, 한 손에 오트밀우유가 든 컵을 들고 몸을 흔드는 중이다. 그 삶의 열정에 안심이 된다. 심지어 가끔은 부럽다. 당신의 밤을 불태워 줄 만남 사이트인 파렌하이트에서 지원받은 모자를 쓰고 지나가던 소방관들이 딸에게 인사한다. 어쩌면 문제는 나인지도 모른다. 내가 빗나가고 있는지도, 나이 값 못하는 머저리가 되어 가고 있는지도.

딸에게 유엔 방문 소식을 물었다.

"어, 비글 선생님을 해고하는 데 성공했어. 교장 선생님이 우리의 불신임 결의안을 채택했거든."

(테사가 학교 이야기를 할 때마다 나는 5공화국의 의원 앞에 서 있는 기분이다. 딸의 오만함에 짜증이 나서, 너를 안 보내려고 했던 건 교장 선생님이었다고 일깨워 주었다.)

"물론 비글 선생님 잘못은 아니야. 하지만 학생 투표가 있었어. 내가 이 여행을 단념하고 내 권리를 포기하거나, 아니면 방정식의 다른 수식을 도입하거나. 그러니까, 선생님을 교체하는거지. 결국 내가 5월에 이탈리아어 선생님인 만자노 여사와 떠나기로 했어."

(이탈리아어 선생님이라니 어이가 없다.)

"얼씨구? 뉴욕에 이탈리아 사람들이 많아서 이탈리아어 선

75

생님하고 가는 거야?"

테사는 계속 춤을 춘다. 카티가 곧 도착해 그 이상한 보라색
입술을 우리 집 창문에 찰싹 갖다 댈 것이다. 나는 한 시간 후
니코와 팍스톤의 반대편 경계 지역에서 만나기로 했다.

XV

투명화닷컴

투명화닷컴은 그야말로 금광이다. 클릭 두 번만으로 누군가의 재산 신고내역, 수입, 혈액형, 학위에 전자지문까지 찾아낼 수 있다. 또한 그 사람이 살았던 그동안의 모든 주소와 동거인, 동거 기간까지도 알 수 있다. 결혼했었는지, 자식이 있는지도. 매해 프랑스인들은 자발적으로 시민 진술서를 작성한다. 기업들도 임금 불평등에 무관심하지 않음을 보여 주기 위해 자발적 진술에 동참했다. 우리는 자신을 드러내는 데 익숙해졌고, 누구도 거짓말을 하는 위험을 감수하지 않는다. 만약 이웃 중 하나가, 혹은 다른 누구라도, 당신이 쓴 진술서에 의심이 들었다면, 그는 사실 확인을 위해 신고만 하면 된다. 거짓이 적발되면 이주를 요청받는다.

니코가 지난밤 투명화닷컴을 통해 조사한 내용과 함께 서류 하나를 건넸다. 다 걷어내고, 드디어 흥미로운 정보만 남아 있다. 우선 루아예뒤마 가족의 계좌에 대해 그가 말했다.

"그들은 빈털터리였어. 팍스톤에 계속 남아서 뭘 했는지 이해하기가 어려워. 로즈는 집에만 있었다지만 그래도……."

두 번째 발견은 들라주 자매의 과거와 관련 있다. 로즈와 올가에게는 남동생이 있었다. 그는 2014년 리지외에서 차에 치여 다섯 살의 나이로 사망했다. 운전자는 도망쳤고, 다시 찾지 못했다. 당시 열 살이었던 로즈가 사고의 유일한 목격자였다.

니코는 피곤해 보이는 눈을 비비며 말했다.

"로즈의 의료기록도 찾아봤어. 담당 의사의 승인 없이는 열 수가 없는데, 분량이 많아. 서류명은 〈라시타델병원 정신과〉, 그 뒤에 날짜가 나와 있어. 10대의 로즈가 정신병원에 여러 번 입원했었다는 뜻이지. 세어 봤는데, 최소한 여섯 번은 되는 것 같아. 문제는 라시타델병원이 2029년에 폐쇄됐다는 거야. 그 자리에 신축 건물이 들어섰고, 의료팀도 해체됐어. 기록에 서명한 의사의 이후 행적은 찾지 못했고."

그 지점에서 보고를 멈추고 개인적인 의견을 붙이지 않으면 니코가 아니다.

"내 생각에는……."

(아니, 제발, 네 의견은 궁금하지 않아.)

"음…… 뭔가 수상해. 다혈질 남편에 정신병이 있는 아내, 그리고 아이……. 아이는 뭐였더라? 필로멘 아들이 뭐라고 말했다고 했지? 아, 맞다, 동물을 아프게 했다고? 이들을 정말 찾으러 다녀야 할까?"

"그래, 네 말이 맞아. 여기까지만 하자. 그리고 자전거 타고 동네 동향이나 살피고 보고서 작성이나 하지 뭐. 그거 하려고 경찰 시험 본 거니까."

"안전관리인. 경찰 아니고."

XVI

올가 들라주

투명화의 시대가 도래하기 전, 처음 경찰에 들어왔을 때, 멘토는 내게 이런 말을 해 주었다. 알게 되겠지만, 형사사건의 범인은 대체로 가족 중 한 명이야. 남편은 복수하고, 형제는 경쟁하고, 자매는 질투하지. 그에게 있어 가정은 온갖 비열함과 악한 본능이 표출되는 곳이었다. 남편은 자신에게서 마음이 뜬 부인을 살해해. 여자는 자신의 남자친구와 온라인에서 애정행각을 벌인 여동생을 살해하지. 나는 그의 이론을 다양한 기회로 검증할 수 있었다. 다만, 실종 사건에서는 카드를 다시 섞어야 한다. 루아예뒤마 가족은 어쩌면 무언가로부터 혹은 누군가로부터 도망치려 했는지 모른다. 어쩌면 살아 있을 수도 있다. 현재로서는 어떤 가능성도 배제하지 말자고 그 시절 상사들은 잔소리하기 좋아했다. 그날 아침 올가를 심문하고 나서 니코도 같은 말을 했다.

"어떤 가설도 배제하지 말자."

그리고 덧붙였다.

"누군가 우리를 조종하고 있다는 느낌이 들어."

아침 10시. 우리는 첫 번째 수사 보고서를 작성하며 하루를 시작했다. 수사가 시작되면 우리는 **투명화닷컴**에 수사 진척 상황을 정기적으로 공개해야 한다. 그 과정은 균형 잡기 곡예와도 같다. 수사 내용을 너무 많이 공개하지 않으면서 시민들이 만족해할 만큼의 소식은 알려 줘야 한다. 나는 니코에게 실종자 로즈와 미구엘, 밀로의 사진, 나이, 키, 실종 시각 정보와 함께 그들의 집에서 혈흔이 극소량 발견되었음을 공지하고, 목격자 공고를 다시 게재하자고 제안했다. 우리는 올가의 증언은 게시하기로 했으나, 로즈의 과거에 대한 정보는 공개하지 않기로 했다. 보고서를 보내고 팍스톤으로 향했다. 가까운 사람들을 상대로 더 조사를 해 봐야 할 것 같다.

우리가 도착했을 때, 올가는 막 나가려던 참이었다.

지난번에 봤을 때 입고 있던, 몸에 비해 너무 긴 셔츠와 소매 없는 패딩을 입고 오른손에는 장갑을 꼈다. 무척 정신이 없어 보였다. "5분 이상은 안 돼요. 약속이 있어서요." 올가는 잡동사니로 뒤죽박죽인 집 안에서 다른 쪽 장갑을 찾으러 다니며 우리의 질문에 대답했다.

"일하러 가세요?"

니코가 물었다.

"아니요, 일은 안 한 지 오래됐죠. 전에는 간호사였어요. 건강에 문제가 좀 있어서 그만둬야 했고요."

그 말에 궁금증이 일었다.

"팍스톤에서 살 만한 경제적 여유가 있으신가요?"

올가는 숨을 몰아쉬며 대화를 계속하면서, 소파 아래를 보기 위해 무릎을 꿇었다.

"네. 아니, 예전엔 그랬죠. 덕분에요. 언니 덕분에. 언니가 비용을 다 지급했으니까."

"하지만 언니분과 언니 남편분도 그다지 경제적 여유가 없었잖아요."

"조사를 많이 하셨네요. 사실, 그들도 경제적인 어려움을 겪고 있었어요. 근데 저는 잘 몰라요. 미구엘이 워낙 비밀스러웠잖아요, 아시다시피. 돈 문제만 있는 것도 아니고."

"무슨 뜻이죠?"

"아니에요. 앞집에 사는 루한테 물어보시는 게 나을걸요. 둘이 아주 친했거든요. 그 부분에 대해서는 루가 저보다 더 잘 알거예요."

올가는 마침내 장갑을 찾았다. 떠나기 직전, 낮은 테이블 위에 놓인 그림 앞으로 다가서며 나는 올가에게 그림을 그리느냐고 물었다.

"전혀 아니에요. 그 재능은 언니가 다 받았어요!"

올가는 더 말하지 않았다. 우리는 눈과 흙이 뒤섞인 작은 진흙 길을 통해 루의 집에 도착했다. 반투명 큐브 앞에 한 젊은 여자가 우리를 기다리고 있는 듯 보였다. 얼굴은 창백하고 미소는 밝았다.

XVII

루 노박

"아마 이 동네에서 저만 그럴 것 같은데, 저는 미구엘을 좋게 생각해요."

루 노박은 짧은 갈색 머리에 코 위에 주근깨가 있는 연약해 보이는 젊은 여성으로, 많아야 스무 살 정도로 보였다. 귀를 덮는 털모자를 쓰고 대문 앞에 서 있었다.

"들어오실래요? 여기 있다가는 얼어 죽겠어요."

루는 소파 위의 고양이를 밀어내고 우리 자리를 만들어 주었다. 남자친구 나디르는 샤워 중이었다. 그가 유리 칸막이 사이로 고개를 기울이며 우리에게 인사했다.

　니코는 자기 잔에 커피를 따르고 테이블 위 감자칩 봉지 속에 손을 넣었다. 루가 흥분하며 말을 이었다.

　"너무 걱정돼요. 덩치가 있어서 미구엘은 사람들 눈에 안 띌 수가 없거든요. 그리고 만약에 자발적으로 떠난 거면 왜 아닌 척 꾸몄을까요? 다 떠나서, 떠나 버릴 권리는 있는 거잖아요! 나디르는 미구엘이 사고를 치고 도망간 거라고 생각하지만요, 저는 그렇게 생각하지 않아요. 미구엘은 좋은 사람이에요."

　루는 아직 흐트러져 있는 석관 침대에 기댔다. 이 철제 프레임 상자 안에서 그녀는 아주 작아 보인다. 나디르는 나이가 좀 더 있다. 서른 살 정도일 것이다. 파란색 수건으로 몸을 두른 그가 다가와 그녀의 입술 가득히 키스한다. 나는 방 한구석에 높이 쌓인 책더미와 노트를 발견하고 루에게 글을 쓰냐고 물었다.

　"아니요, 저는 사진작가예요. 미구엘이 빌려준 책이에요. 나디르와 함께 팍스톤으로 이사 왔을 때, 미구엘이 바로 우리를 맞아 줬어요. 우리는 서로 비슷한 열정이 있다는 걸 금방 알아봤죠. 특히 시에 대해서요. 미구엘이 저에게 아폴리네르의 시집 《루를 위한 시》를 선물해 줬어요. 여름에는 야외 천막 아래서 몇 시간이고 스페인 와인을 마시며 이야기를 나눴고요. 미구엘은 죽어 있는 우리 사회에서 인생을 즐기는 몇 안 되는 사람이었고, 현실에 단단히 발붙인 몽상가였어요. 이 동네에서는 사랑받지 못했지만 신경 쓰지 않았죠. 저는 그의 용기를 정말 존경해요. 규율을 비웃으며 아들을 자신과 같은 세계관 속에서 키우고 싶어 했어요. 시적으로 옳은 세계, 라고 말하면서요."

나디르는 주방 조리대 뒤에 앉아 손으로 이쑤시개를 사방으로 꺾어 대고 있었다. 아무 말도 하지 않았지만 굳은 얼굴이 모든 것을 말해 주었다. 니코가 그에게 실종 당일 뭘 하고 있었냐고 물었다.

"집에서 변론 준비를 하고 있었습니다. 저는 변호사고요. 루는 그날 온종일 클라이언트 집에 가 있었습니다. 이상한 건 전혀 없었고요. 오후 5시쯤 친구들하고 술 한잔하러 나갔을 때, 로즈는 케이크를 만들고 있었고 미구엘은 빨래를 개고 있더군요. 그게 답니다."

올가가 창밖으로, 우리에게는 눈길도 주지 않은 채 지나갔다. 목에 스카프를 감은 채, 잰걸음으로 어딘가로 향했다. 팍스톤의 앙상한 나무들이 눈 위로 위압적인 그림자를 드리우고 있었다.
루가 카메라를 꺼내 이미지를 찍었다.

"저한테는 묻지 않으시네요? 이상한 점이 없었는지? 실종 사건 이후로 올가가 달라졌어요. 평소보다 자주 나가고요, 빅토르의 집에 자주 방문해요. 그전까지 그들은 전혀 친하지 않았거든요. 올가는 비밀스럽고 누구도 그녀에게 신경 쓰지 않지만, 저는 며칠 전부터 계속 지켜보고 있는 중이에요."

나디르가 말을 자르고 끼어들었다.

"외출을 자주 한다고 해서 이상하다고 말하면 안 되지. 루, 나는 정말 자기가 무슨 생각을 하는지 모르겠어. 가끔 그렇게 헛소리를 하더라. 책도 너무 많이 읽고, 상상도 지나치고, 시 같은 것도 너무 많이 봐. 그러면서 그 말싸움 얘기는 안 하네. 그 남자는 난폭했어. 미안하지만 루, 그게 진실이야."

나는 나디르에게 무슨 근거로 미구엘이 난폭하다고 말하는지 물었다. 그가 한숨을 쉬었다. 마치 그 얘기를 우리에게 하고 싶지는 않았다는 듯이.

"실종 전날 밤에 미구엘은 자기 아내한테 화를 냈어요. 끊임없이 소리를 질렀는데, 로즈는 반응하지 않았어요. 그러다가 어느 순간, 로즈를 움켜잡더라고요. 루가 반대하지 않았다면 제가 가서 말렸을 거예요. 여기까지 이야기하죠. 이러다가 여기서도 말다툼이 벌어질 것 같으니까요. 빅토르에게 가서 물어보시면 될 겁니다. 빅토르가 그 장면을 보고 두 사람을 소환한 것 같았 거든요."

XVIII

빅토르 주아네

산책하면서 그를 지켜봤었다. 그는 집에서 마스크를 쓰고 건축 모형에 몸을 기울인 채 작업했다. 손으로 집게를 집어 조각들을 붙이는 모습이 마치 수술을 집도하는 의사 같았다. 빅토르 주아네는 유리 주택으로 세계적인 명성을 얻은 건축가로, 자신 또한 같은 종류의, 얼음 모양의 어마어마하게 큰 유리 큐브 속에 산다. 52세의 그는 시력이 좋지만 순전히 멋으로 사각테 안경을 쓰고 다닌다. 빅토르는 투명화 운동 덕분에 거대한 부를 축적했다. 그에게는 첫 번째 결혼에서 생긴 열두 살 딸 살로메가 있고, 첫 번째 결혼 실패로 탄생한 남자친구가 있다. 그의 남자친구는 게이 동네에 산다. 이대로 딱 좋아요, 둘이 함께하는 삶은 무덤이니까.

그의 집은 텅 비어 보인다. 흰색의 인덕션 조리대는 얼마나 깨끗한지 새것 같다. 냉장고 문 안쪽으로 달걀과 버터가 보인다. 창백한 대리석을 덮힐 카펫도 하나 없다. 빛을 발하며 디지털 스크린으로 변하는 칸막이만이 이 지극히 순수한 인테리어 속에서 유채색을 띠고 있다.

빅토르가 우리에게 손 세정제 병을 건넸다.

"나는 위생에 무척 까다롭습니다. 신발도 벗어 주시면…….
신발은 여기에 넣으세요, 여기, 신발장에요."

낮은 테이블 위에 그의 다음 프로젝트 설계도가 펼쳐져 있다. 부벽부터 공중 버팀벽, 종탑까지 전체가 유리로 만들어진 성당이다. 성당 내부 구조는 온실과 비슷할 것이고, 크리스털로 장식된 첨탑은 103미터에 달해 노트르담 대성당보다 높을 것이다. 불투명한 것은 유리창을 장식하는 엄청난 규모의 꽃 모양 돌 장식뿐이다. 건축물은 벤탐의 중심가에 세워질 예정이다. 몸을 숙여 설계도를 보던 니코는 완전히 매료되어 말했다.

"이걸 정말 짓는다고요?"

빅토르는 커브 모양의 반투명 안락의자에 앉아 대답했다.

"명품 보석 브랜드가 투자할 거예요. 프랑스 국민들에게는 단 한 푼도 요청하지 않을 겁니다, 그게 질문이라면."

빅토르의 딸 살로메가 방에서 나와 냉장고 문을 열었다. 윤기 나는 초록색 사과 두 개를 집더니, 세척액 속에 넣었다가 헹군다. 살로메는 금발의 긴 머리에 매우 파란 눈동자를 가지고 있다. 우리의 존재를 알아채지 못한 듯, 로봇처럼 걸었다. 딸이 방으로 들어가 문을 닫기 전, 빅토르가 키스를 보냈다.

"나의 가장 큰 자랑은 이 성당이나 유리 주택이 아니라 내 딸에게 남겨 줄 유산입니다. 딸이 밤에도 공격당할 두려움 없이 외출할 수 있는 덜 위험한 세상이죠. 남자들, 이 구역질 나는 존재들이 딸을 강간할 수도, 구타할 수도 없는 세상이요. 이 땅의 천국을 우리가 만들어 내고 있어요. 이미 지금도 공포는 거의 존재하지 않아요. 저마다 신중하게, 서로 공감하면서 이웃을 지켜보고 있습니다."

2029년, 빅토르 주아네는 온갖 잡지의 1면을 장식했다. 당시 언론들은 그를 새로운 혁명의 장인이라고 소개했다. 프랑스인들은 부수고, 철거하고, 해체하는 그의 도시계획에 투표했다. 그

것은 자신만의 세계에 틀어박히는 부르주아식 인테리어와 내실과 자기만의 방의 종말이었다. 변호사 가브리엘 보카의 지지를 얻은 빅토르는 자신의 프로젝트를 홍보하는 데 개인적인 서사를 이용했다. 그는 어린 시절 두꺼운 벽과 칸막이에 얼마나 고통받았는지 이야기했다. TV로 방영된 인터뷰에서 보육원의 열악한 위생 상태를 고발했다. 그 장면이 내게 깊은 인상을 남겼다.

"그 인터뷰를 기억하세요? 기억력이 좋으시군요. 살로메의 어린 시절, 그 달콤한 일상을 생각하면 내가 성공했구나, 되뇌게 됩니다. 지금은 누구도 어린 시절의 저처럼 고통받는 아이를 그냥 지켜보지는 못할 테니까요. 내가 있던 보육원의 욕실 타일은 곰팡이로 덮여 있었고, 청소된 적 없는 화장실에서는 고약한 냄새가 떠나지를 않아 구역질이 올라왔죠. 아침에 저를 깨우러 오는 사람도 없었어요. 오물 속에 버려져 혼자 일어나야 했죠. 아무거나 먹었어요, 설탕과 지방, 기름 덩어리. 나를 양육할 여유가 없었던 어머니는 크리스마스에나 나를 보러 왔고, 내가 어떻게 지내는지 이야기하면 지어낸 이야기라고 생각하셨죠. 내가 과장한다고요.

창문으로 내 방 앞 건물에 사는 가족들을 지켜봤어요. 깨끗하고 따뜻한 그들의 아파트로 도피하고 싶었습니다. 그들이 나도 좀 봐 주기를, 누군가 내가 견디고 있는 것을 알아주기를 바랐어요. 그때 이미 벽들을, 비참함을 가리는 것들을 다 허물어 버리고 싶다는 꿈을 꾸고 있었죠."

빅토르는 갑자기 몸을 떨며 일어났다. 마스크를 벗고 샴페인 과 함께 약을 삼켰다.

"뤼나르 블랑드블랑이에요. 한 잔 드릴까요?"

니코가 잔을 받았다. 내가 안 된다는 눈빛을 보내자, 도로 탁 자에 내려놓는다.

"수사를 위해 몇 가지 질문이 있어 왔습니다. 뭔가 기억나는 게 있으신지."

빅토르가 생각에 잠기더니 침착하게 대답했다.

"사건은 존재하지 않는 것 같은데요. 시체가 없으니, 사건도 없는 거죠. 그들은 아무도 모르게 조용히 동네를 떠났을 거고, 그건 바로 우리가 사람들을 감시하지 않는다는 증거이기도 합니다. 이 사건으로 제가 만든 시스템을 재고해야 한다는 의견들 이 요즘 인터넷 여기저기에서 많이 눈에 띄더군요. 하지만 시스 템은 이미 증명됐습니다. 사람에게 가해지는 폭력 사건이 줄었

고 범죄율도 급감했는데, 뭘 더 바라십니까? 예측할 수 없는 일
은 언제나 일어납니다. 충동적인 행위, 규명 불가능한 실종 같
은 것들 말이에요. 자, 나는 두 분이 얼마 전 필로멘의 집에 있
는 모습을 봤어요. 나는 필로멘의 남편인 조안과 함께 이 동네
의 안전에 각별하게 신경 쓰고 있습니다. 그 일이 일어났을 때
도 우리는 주민 정찰대 활동을 하고 있었어요. 하지만 이상한
지점은 전혀 발견하지 못했습니다. 마지막으로 루아에뒤마 주
택을 체크했을 때도 아무 문제가 없었습니다. 그 집 아들은 학
교에서 돌아왔고요. 그 이상은 모릅니다."

그러자 니코가 사건 전날의 말다툼에 대해 말을 꺼냈다. 빅
토르는 우리를 천천히 문 쪽으로 인도했다.

"나는 유일한 목격자가 아닙니다. 로즈가 두려움에 떨고 있
었어요. 미구엘은 그런 로즈에게 고함을 질러 댔고, 로즈가 도
망치려고 하자 더 난폭해져서는 붙잡았죠. 밀로는 듣지 않기 위
해 이불 속으로 숨었고요. 미구엘이 끊임없이 고함을 질러 대니
로즈가 갈피를 못 잡고 정신을 놓아 버린 것 같았어요. 격렬한
장면이었지만, 우리는 구타나 신체적 위협은 확인하지 못했습
니다. 그들은 그날 저녁에 바로 화해했고요. 그래도 우리가 두
사람을 불러서 중재하려고 했습니다. 다음 주 동네 위원회에 그
들을 부를 예정이었어요. 우리는 우리의 일을 했습니다."

나는 니코가 먼저 말을 꺼내기 전에 빅토르가 전날 밤의 말다툼을 언급하지 않았다는 사실에 놀랐다. 그냥 잊었다고 믿기는 힘들었고, 그의 태도가 당황스러웠다. 우리가 입구의 긴 의자에 앉아 신발을 신는데, 필로멘의 아들 아르튀르가 살로메의 창을 두드렸다. 살로메가 깜짝 놀라 소리를 질렀다. 그러고는 분노해서 방 밖으로 나오더니 밖에 대고 소리쳤다.

"아니, 너 바보 아니야?"

고갯짓으로 우리가 있음을 가리키는 것 같았다. 장난칠 생각에 우리를 미처 보지 못한 아르튀르가 손으로 입을 막더니 자기 집으로 뛰어 돌아갔다.

빅토르는 한 손으로 다정하게, 거의 아버지처럼 내 팔을 쓰다듬으며 말했다.

"아르튀르는 장난꾸러기예요. 신경 쓰지 마세요."

테사가 음침한 절친 카티를 저녁식사에 초대했다. 카티는 루아예뒤마 가족 실종 사건에 여전히 관심이 많았다. 모두가 떠들어대는 이번 사건에 대한 라이브 방송을 진행하고 싶어 했고, 내게 팍스톤에 데려가 달라며 갖은 애를 썼다. 다비드는 테사에게 유제품 알레르기가 있는데도 퐁뒤를 준비했다.

"됐어, 아빠가 일부러 그러는 거야. 샐러드나 주세요, 엄마."

다비드는 테사가 알레르기가 있는 게 아니고, 그 나이의 바보들이 다들 그렇듯이 아무것도 먹지 않기 위해 알레르기를 만들어 낸 것이라며, 이어 말했다.

"너는 뚱뚱하고, 계속 뚱뚱할 거야. 왜냐하면 그렇게 타고났으니까."

나는 다비드의 허벅지에 손을 얹으며 진정시켰다. 우리 집 왼편 이웃인 리오타르 부부는 그보다 덜한 말로도 양육권을 잃을 뻔했다. 다비드는 흥분했다며 사과했다. 테사의 강점은 자신에 대해 누가 무슨 말을 하든지 개의치 않는 데 있다. 테사는 고양이 영상에 푹 빠져 스마트폰 화면의 스크롤을 올린다. 카티는 조금 전부터 빵 조각을 풍뒤 냄비에 넣고 빙빙 돌리고 있다.

"마담 뒤베른, 미구엘 말이에요, 그 로즈의 남편에 대해서는 어떻게 생각하세요? 투명화닷컴에서 니코가 올린 첫 번째 보고서를 읽었는데요, 그 사람 좀 이상하지 않아요?"

(나는 이렇게 대답하고 싶었다. 너보다는 안 이상하단다, 얘야. 그러나 입을 다무는 쪽을 택했다. 보고서가 사이트에 공개됐다고 해서 내가 디테일까지 다 알려 줘야 하는 것은 아니니까.)

"저도 좀 뒤져 봤거든요. 그 사람, 동네 위원회 회의 때마다 주민들과 의견이 항상 정반대였더라고요? 한 번도 의견 일치를 본 적이 없었어요. 예를 들면 작년에 팍스톤에서 되게 큰 재판이 있었거든요. 그때도 미구엘은 혼자 피고 편을 들었더라고요. 그 사람들을 좋아하는 것 같아요, 범죄자들을."

(카티의 조사 내용에 큰 관심을 보이지 않으려고 애쓰면서 머릿속 한편에 정보를 저장해 둔다.)

"제가 보기에는요, 가족을 다 죽이고 콘크리트 바닥에 처박아 버릴 그런 종류의 인간 같아요. 내일 저도 팍스톤에 따라가면 안 될까요?"

마침 그 순간 니코가 문을 두드렸다. 인질로 잡혀 있던 나를 구출했다는 사실은 모른 채, 그는 식사를 방해해서 미안하다고 사과했다.

"그리용 CCTV를 돌려 봤거든."

카티가 귀를 쫑긋 세운다. 니코를 밖으로 데리고 나갔다.

"17일 하루를 집중해서 봤는데, 별다른 건 없었어. 아침에 우리한테 거짓말을 한 것 빼고는. 거의 확실해. 내일 보러 와, 설명해 줄게."

의식에 균열이 생겼다. 나는 다시 꿈을 꾸기 시작했고, 침대를 영원히 떠나고 싶지 않다. 수사를 시작한 뒤, 나의 뇌는 새로운 영역을 탐험하고 있다. 가설을 내놓고, 나 없이 혼자 고민한다. 수년 동안 잠은 부수적인 것에 지나지 않았다. 끝이 없는 터널이었다. 나를 둘러싼 세상은 보이는 그대로였고, 나는 더 이상 세상을 해석하거나 이해할 필요가 없었다. 그런데 어젯밤 나는 보이지 않는 것, 그 모든 신호와 언어와 이성을 벗어난 이미지들에 다시 연결된 듯 느꼈다.

숲이 나오는 꿈을 꿨다. 가시덤불이 위협하고 늑대가 나타나 놀래키는 마법의 풍경. 로즈의 작품 속이었다. 발밑에 놓인 실을 따라 걸어갔다. 실이 어디에서 왔는지, 어디로 데려가는지도 모른 채. 땅은 생명으로 붐볐고, 덤불은 바스락거렸다. 천천히 한 발을 뗐다. 숲이 속삭였다. 길을 잃을까 봐 두려웠다.

시간이 흐르고, 내 앞으로 회색의 남자들이 운전하는 거대한 불도저가 지나갔다. 끔찍한 소음 속에서 그들이 모든 것을 밀어 냈다. 나의 두려움을 없애고, 늑대들을 쫓아내고, 부엉이를 침묵 시키고, 어둠을 밝혔다. 그들이 떠나자 아침이 밝았다. 나 혼자 남겨졌다. 잘린 나무 기둥 앞에 끊어진 실을 손에 쥐고 서 있었 다. 여자들이 몰려와 신선한 꽃을 심었다. 기운을 잃은 나는 걱 정스럽게 그 모습을 바라봤다.

나는 나의 악몽을, 밤의 괴물과 번민이 숨어 있는 길 끝의 오 두막집을 도둑맞았다. 회색 옷을 입은 남자들이 전부 밀어 버린 그곳에는 불평도, 행복을 처단하는 자들에 대항할 어떤 의지도 없었다.

잠에서 깨니 다비드의 품이었다.

모르는 사이 몸이 가까워져 있었다.

본의 아니게.

XXI

안전관리본부

상사인 뤼크 부아롱이 수사 보고서를 기다리고 있었다. 이번 주
말까지 어떤 단서도 잡지 못하면 사건을 종결시킬 것이다. 자네
들도 똑같이 한심해, 다를 게 없어.

안전관리본부는 요즘 보기 힘든 3층짜리 건물이다. 도시의
모든 건물은 대부분 단층으로 짓지만, 두 곳만 예외다. 안전관
리본부와 국방부. 군 건축물은 천장의 높이와 공간의 레이아웃
을 짐작할 수 없도록 원래의 철강 구조와 픽셀형 창을 고수하
고 있다. 안전관리본부는 1층 벽은 투명하지만, 위층의 기술 실
험실과 정보 부서, 회의실은 밖에서 볼 수 없도록 차단되어 있
다. 민감한 사건은 위층에서 다룬다. 외부와는 차단돼 있는 반
면, 건물 내부는 투명해서 우리는 늘 서로를 감시할 수 있다. 뤼

크 부아롱은 올라갔다가 내려갔다가 하는 자신의 엘리베이터-사무실에서 온종일 보낸다. 이 시스템은 체코의 유명 신발 브랜드 설립자인 토마스 바타의 '순환하는 방'을 모델로 삼아 고안됐다. 엘리베이터-사무실은 건물의 정중앙에 있다. 방 전체가 투명 유리로 만들어져, 층과 층을 이동하며 파노라마로 펼쳐지는 팀 전체의 모습을 볼 수 있다.

니코와 3층 영상실에서 만났다. 이곳에서 터치스크린으로 그리용의 거리를 실시간으로 확인할 수 있다. 영상 파일은 일주일간 보관된다. 11월 17일 하루 분량만 1,968시간에 달했다.

"24시간 돌아가는 카메라 82개에 담긴 1,968시간 분량의 동영상이야. 미구엘의 아버지 파블로의 거주 지역인 그리용 남쪽만 봤어. 카메라가 스물여섯 개 설치된 곳이고, 인구밀도가 낮은 지역이지. 알다시피 624시간 분량을 다 볼 수는 없었고, 파블로 집 주변 카메라 네 대만 확인했어. 그런데 잘 봐, 내가 뭘 발견했는지. 13시 16분, 미구엘이 나타나 주차장에 차를 세우고 몇 미터를 걸어가. 아마도 아버지의 집 같아(파블로의 집으로 향하는 카메라는 없다). 14시 32분에 한 젊은 여자가 나타나. 사람들이 많이 지나다니는 길은 아니야. 얼굴은 안 보이는데……."

나는 귀를 덮은 모자를 바로 알아봤다. 차가운 분위기의 여

자. 루였다.

"맞아, 그 여자. 아니라면 본인이 우리에게 직접 증명해야 할 거야. 미구엘은 16시쯤 다시 떠났고, 그리용 북쪽으로 가는 것까지는 추적했어. 이웃들의 증언을 믿는다면, 자기 집으로 들어갔다고 보는 게 맞는 것 같아. 루는 17시 46분이 돼서야 떠났어. 이후로는 이 구역에서 별다른 일이 발견되지 않았고. 루는 다시 돌아오지 않았어. 미구엘의 흔적도 전혀 없어."

니코를 칭찬해 주었다. 그는 종종 감동을 준다. 여전히 옷은 아무렇게나 입고 다니지만. 오늘은 오렌지색 셔츠에 흰색 줄무늬가 들어간 연분홍색 니트를 입었다. 이제 익숙해질 만도 한데 여전히 적응이 안 된다. 뤼크 부아롱의 사무실이 우리 층에 도착했고, 유리문이 열렸다.

"똑딱똑딱. 뒤베른, 자네 보고서 기다리고 있어. 시간이 계속 흐르고 있다고. 금요일까지 내 책상 위에 갖다 놔. 니코, 연어로 분장한 건 재밌는데, 여기는 생선가게가 아닐세. 내일은 좀 더 분발하자고."

니코가 내게 돌아서며 물었다.
"내 옷이 왜, 뭐가 문제야?"

XXII

다비드는 이제 습관적으로 웃으면서 나를 모욕한다. 어젯밤 일에 관해 내 살이 닿는 느낌이 역겨웠다고, 이제부터는 소파에서 자겠다고 말하고는 다섯 번째 와인잔을 채웠다.

"우리가 완전히 투명하다면 말이야, 너무 투명한 나머지 결국 죽게 되지 않을까? 어떻게 생각해, 엘렌 뒤베른? 여기에서 살고 싶어 했던 건 당신이잖아. 다른 사람들처럼 살겠다고 했지. 아니, 무엇보다 나를 곤경에 빠뜨리기 위해서였어……. 그리고 성공했고. 하지만 너의 모든 비참한 하루하루에 내가 있을 거야. 몸으로 할 수 없는 발길질을 말로 하면서."

그는 소파 위에서 길게 몸을 펴며 말했다.

"당신은 점점 더 추해지고 있어."

나는 더 듣지 않기 위해 에어팟을 집었다. 테사는 공부하는
척하고 있다. 우리 대화에 집중하면서 태블릿에 아무 말이나 입
력하고 있다고 장담한다. 나와 눈이 마주치자 일어나서 방문을
닫았으니까. 유리벽은 방음 처리가 되어 있다. 다비드는 내게
쉼 없이 모욕적인 말을 퍼붓는다. 붉은 조명이 켜졌다. 그가 마
지막 한 잔을 마시고 잠자리에 들었다. 그의 말들이 내게 극심
한 치통처럼 남았다.

우리가 완전히 투명하다면 말이야, 너무 투명한 나머지 결국 죽게
되지 않을까?

다 얘기할게요, 대신 혼자 오세요. 그 여자가 말해 주겠다고 약속
했다. 우리는 새벽 시간으로 약속을 잡았다. 달빛 아래 우범지
대와 골목길을 지나 동네 전체를 통과했다. 그리용은 잠들지 않
는 동네지만 가로등도 없다. 그림자가 오고 가며 어디든 가로지
른다. 시간이 멈춘 곳. 식당은 사창가가 됐고, 술집은 도박장이
됐으며, 호텔은 매춘굴이 됐다. 그곳에서 우리는 여장을 좋아하
는 남자들, 노출을 좋아하는 여자들을 마주친다. 약에 취한 좀
비들과 기억을 잃은 노인들, 부자 동네로 일하러 가는 부서진
몸들을 만난다.

"모든 천국에는 해독제가 있죠."

106

루가 말했다.

"여기서 팍스톤 남자들을 많이 마주쳤어요. 그들은 저녁에 이곳에 와서 매음굴에 드나들고는 약에 취한 채 유리상자로 돌아가 마약과 성매매를 비난하죠. 최소한 그 점에 있어서 인류는 변하지 않았네요."

주차장 출구에서 차가 기다리고 있었다. 그리용에는 교통 표지판도, 속도 제한도, 단속기도 없다. 미구엘의 아버지 파블로의 집에 금방 도착했다. 파블로가 예의 그 인스턴트 커피를 데워 놓고 우리를 기다리고 있었다. 파블로가 준 열쇠뭉치를 가지고 루가 나를 근처의 버려진 차고로 데려가 문을 열었다. 사다리를 타고 지하실의 두 번째 문까지 내려갔다.

"바로 여기예요. 들어오세요."

사방이 사진으로 뒤덮인 아주 작은 방이었다. 일부 사진들은 여전히 줄 위에 집게로 고정돼 건조 중이었다. 작업실 구석에 촬영한 이미지를 필름에서 인화지로 옮길 수 있는 신형 확대기가 놓여 있었다. 그 옆에 스위치 같은 것이 있었다.

"확대기 타이머예요."

그녀가 설명했다.

"종이에 얼마 동안 빛을 주어야 하는지 알려 주는 타이머죠.

107

인화지는 빛에 매우 민감하거든요. 우리는 거의 어둠 속에서, 아니면 붉은빛 아래에서 작업해요. 붉은빛은 자연광과 달리 화학반응을 일으키지 않아서요."

왜 갑자기 사진 수업이 시작됐는지 어리둥절하다. 이 사진실과 내가 맡은 사건 사이에 무슨 관계가 있단 말인가. 그녀는 나의 조급증을 알아챘는지, 더 지체하지 않고 이야기를 시작했다.

"미구엘이 저를 위해서 이 사진실을 마련해 줬어요. 아무도 몰라요, 그의 아버지 외에는. 로즈는 이해 못 할 거고, 나디르는 더더욱 그럴 테니까. 우리는 이곳에 대해 함구했죠. 실종 당일, 나디르의 진술과 달리, 저는 클라이언트 집에 있지 않았어요. 저는 여기에 있었어요. 미구엘은 오후 4시까지 있다가 집으로 돌아갔고요. 그는 제 첫 전시회 소식에 많이 기뻐했고, 도와주고 싶어 했어요. 그리고 떠나기 전에 내일 봐요라고 했어요. 그런데 그 이후로 그를 볼 수 없었네요."

루는 미구엘과는 친구일 뿐이었다면서, 둘의 관계에 대해 사람들이 수군거리기 시작하자 사람들 눈길을 피해 그리용에서 만났다고 말했다. 무엇보다 루는 필름인화 작업을 원했고, 이는 집에서는 불가능한 일이었다.

"저는 완전한 암실이 필요했어요. 팍스톤에서는 인화 작업을 할 수 없어요. 어쨌든 낮에는 불가능해요. 투명화 이후로 어두운 공간은 더 이상 찾기 힘들어졌잖아요. 맞아요, 디지털 사진도 있죠. 하지만 필름 사진은 완전히 달라요. 필름 사진에서는 하나하나의 사진이 다 유일하거든요. 노출 시간과 반응 시간에 따라서 콘트라스트와 색감이 달라져요. 그렇게 탄생한 이미지들은 살아서 우리처럼 늙어 가요. 어떤 이미지는 노랗게 변하고, 어떤 이미지는 하얗게 변하죠. 미구엘이 저를 돕고 싶어 했던 건, 필름 작업 안에서 시대정신을 거스르는 저항의 형식을 봤기 때문이에요. 그는 네거티브 필름들을 주의 깊게 보면서 이런 말을 했어요. '좋아요', '라이크'를 눌러 대는 이 사회에서는 누구도 필름 사진을 이해 못 해요. 네거티브를 포지티브로 변화시켜 주지 않는 한."

갑자기 두 친구, 연약한 루와 거친 미구엘에게서 보니와 클라이드가 연상됐다. 총기 대신 카메라를 꺼내든 현대판 〈보니와 클라이드〉. 허공에 걸려 있는 사진들 가까이로 다가갔다. 눈 속에 발자국을 남겨 놓은 올가가 보인다. 또 다른 인물사진이 눈길을 끈다. 법정에서 수갑을 차고 있는 청소년이다. 그는 넋이 나간 듯 보인다. 피부는 벌써 세월의 흔적으로 군데군데 갈라져 있고, 눈빛에서 끝없는 슬픔이 읽힌다.

"쥘 페레티예요. 구속됐을 때 열두 살이었어요."

믿기지 않는 표정으로 보는 내게 루가 설명을 이어 갔다.

"〈유죄추정〉 프로그램 안 보세요? 작년에 이 사건을 특집으로 방송했는데. 팍스톤에서 일어난 사건이에요. 팍스톤 주민 대부분이 법정에 있었고, 저도 갔었어요. 쥘을 변호한 사람은 미구엘 한 사람뿐이었죠."

맞다, 이제야 기억난다. 카티의 말을 다시 생각한다. 진지하게 듣지 않았는데, 인정해야겠다. 그 아이가 니코도, 나도 생각하지 못한 지점을 파헤치고 있다.

XXIV

사건

프랑스에서는 전국적으로 한 달에 한 번 각 지역 주민들이 모여 지역의 범죄와 범법행위를 심판한다. 피해자는 변호사를 선임할 권리가 있지만, 피고는 스스로 자신의 무죄를 입증해야 한다.

지난해 여름 바캉스 기간, 그리용 출신의 청소년이 팍스톤에서 체포됐다. 쥘 페레티, 12세, 스포츠형 머리에 권투선수의 체격을 가진 소년은 아버지와 함께 어느 멋진 집을 개조하는 일을 하고 있었다. 그는 집주인의 딸인 11세 소녀 카미유와 친해졌다. 카미유는 간식으로 그에게 레모네이드와 비스킷을 가져다주었다. 쥘은 카미유가 그동안 알고 지내던 다른 남자아이들과는 달랐다. 카미유는 쥘에게 질문을 쏟아 냈다. 카미유의 반 친구들은 그리용에 대한 놀라운 소문들을 퍼뜨리며, 주로 부모 에게서 들은 말을 옮기고 다녔다. 그리용은 범죄자와 무법자의 소굴이라는 이야기였다. 카미유는 소문보다 쥘이 하는 일이 궁 금했다. 그는 아버지의 일을 배우기 위해 막 학교를 그만둔 참 이었다. 카미유는 그가 부러웠다. 다른 도시와 달리 팍스톤에서 는 의무교육이 시행됐고, 기한은 16세까지였다.

저녁마다 소녀는 소년에게 더 있다가 가라고 졸랐다. 부모는 직장에서 늦게 들어오고, 소녀는 심심했으니까. 쥘은 매번 피곤 하다면서 내일은 가능할지도 몰라 하고 대답하곤 했다.

공사 마지막 날, 소년의 아버지는 몸을 다쳤고 소년에게 혼 자 작업을 끝내라고 시켰다. 그날 오후 일을 마친 쥘은 테이블 축구 한 판을 하기로 하며, 카미유의 럭셔리한 유리 주택으로의 초대를 받아들였다. 그런데 나 늦으면 안 돼, 아빠가 저녁밥 해 놓 는다고 했단 말이야 덧붙이면서.

카미유는 찬장을 열어 산더미 같은 군것질거리를 꺼냈고, 커 다란 샐러드볼에 색색의 과일들, 복숭아, 살구, 자두, 산딸기를 가득 담아 놓았다. 아버지는 가격이 너무 비싸다며 과일을 잘 사 주지 않았으므로, 쥘은 평소 먹어 보고 싶었던 살구를 두 쪽 으로 잘라 맛을 기억하기 위해 천천히 음미하며 씹었다. 간식을 먹고 나자 카미유가 장난처럼 쥘을 석관 침대로 이끌었고, 그 안에서 두 사람 모두 버튼을 눌렀다. 몇 분 후, 소녀는 알람 시스템을 작동시켰다. 쥘이 소녀의 양 손목을 단단히 잡고 강제로 키스했을 것이다. 카미유는 공포에 사로잡혀 소리치기 시작했을 것이고 멈추지 않았을 것이므로, 쥘은 카미유의 목을 조르려 했을 것이다.

사건은 팍스톤을 충격으로 몰아넣었다. 쥘은 성폭행범, 강간범 견습생, 준 살인자로 묘사됐다. 무엇보다 여론을 들끓게 만든 것은 쥘이 아직 재판을 받을 수 없다는 사실이었다. 살인을 시도했다 해도, 13세 미만 미성년자는 감옥에 보낼 수 없었다. TV 프로그램 〈유죄추정〉은 재빨리 사건 파일을 독점했다. 화장이 요란한 패널 중 한 명은 쥘의 얼굴만 봐도 문제를 이해할 수 있다고 주장했다. 아이라고 할 수가 없어요, 저보다도 키가 크더라고요. 다른 패널이 반박했다. 뭐, 그게 그렇게 어려운 일은 아니니까요. 사람들이 폭소했다.

이어 프로그램 진행자는 시대가 변했다는 논리를 내세웠다. 범죄와 부정행위를 저지르는 자들의 연령대가 낮아지고 있습니다. 법의 대처가 필요합니다. 미국에서는 아홉 살이라도 감옥에 보낼 수 있죠. 프랑스는 미적대고만 있습니다. 리얼리티 프로그램의 스타였던 클라우디아가 이 말에 동의한다며, 최소한 일곱 살로 기준을 낮출 수 있다고 주장했다. 일곱 살은, 흔히 말하듯 철이 좀 드는 나이니까요. 더군다나 그리용 지역 아이들에게 과잉 관용을 베풀 수는 없어요. 그들은 멈추지 않을 거예요. 부모들은 아이들이 무슨 짓을 해도 내버려두고, 도둑질을 하도록 부추기기까지 하죠. 처벌의 위험이 없다는 걸 아니까요. 아이들을 처벌해야 한다는 주장은 성공적이었다. 그럼에도 녹화장에 있던 전직 판사 한 명이 쥘의 입장을 변호하려 했다. 그는 구금보다는 교육적 처벌을 지지해야 한다고 주장했다. 저는 이 소년이 자신이 저지른 행동의 위중함을 이해했으면 좋겠습니다. 그 나이에는 나아질 수 있어요, 변화할 수 있습니다. 용서와 구원의 가능성을 차단하는 사회에서 살고 싶으신가요? 진심으로? 그러자 화장이 진한 패널이 현실과 동떨어진 주장이라며 그를 비난했다. 프랑스인들의 걱정과는 단절된 성직자 같으시네요. 이에 방청객들이 박수를 보냈다. 만족한 진행자는 토론의 끝을 알리는 신호를 내고 시청자 참여 설문 주제를 발표했다. 형사 처벌 기준 나이를 7세로 낮추는 데 찬성하시는지 혹은 반대하시는지 답해 주세요. 소셜네트워크 플랫폼에서 직접 투표하실 수 있습니다.

프랑스인들은 결단을 내렸다. 이제 7세 이상의 아이들을 미성년자 전용 구역에 수감할 수 있게 됐다. 그로부터 일주일 후 팍스톤에서 쥘 페레티 재판의 선고가 있을 예정이었다.

XXV

루와 나는 지하실에서 나와 파블로를 다시 만났다. 파블로는 아들 미구엘이 주의 깊게 추적해 온 페레티 사건과 관련해 보관하고 있던 기사 하나를 보여 주었다. 2048년 9월 6일 기사였다.

"신문 본 지 오래됐죠? 그 동네에서는 언론이 여론으로 대체됐으니. 그리용에는 여전히 일간지가 있소. 〈르 글레브〉, 감상주의나 도덕주의가 아닌 정의와 상식이 살아 있는 언론이요."

일간지 〈르 글레브〉의 1면은 쥘 페레티 사건을 다루고 있었다. 큰 글씨의 헤드라인이 눈에 들어왔다. 재판이 시작되기 전에 유죄 선고를 받은 아이. 불공정 재판. 목조가구가 있는 커다란 방에 모인 필로멘과 그의 남편, 빅토르 주아네, 나디르, 미구엘과 올가를 포함한 팍스톤 지역위원회 전원의 사진이 실려 있었다. 그들은 소년을 심판하기 위해 모여 있었다. 쥘 페레티는 유죄인가, 무죄인가? 크림소스 오레키에테 파스타를 만들던 요리사를 비롯해, 한 번도 이야기를 나눠 보지는 않았으나 집 앞을 지나다니며 몇 번 본 적 있는 이웃들의 모습이 눈에 띄었다. 루가 내 어깨너머로 사진을 보다가 한 커플을 가리켰다.

"카미유의 부모예요, 피해자요."

"당신은요? 여기 어디에 있나요?"

"저는 판결에서 배제됐어요. 나디르가 이 가족의 변호사여서 위원회 측에서 이해관계가 있을 수 있다고 판단했거든요. 완전히 잘못 짚었죠. 당시 나디르와 저는 전쟁 중이었으니까요. 그 사람이 쥘에게 7년형을 구형했어요. 7년이라니. 그 일로 나디르와 몇 주는 떨어져 지냈어요. 그 시기에 루머가 퍼졌죠, 미구엘과의."

파블로는 반쯤 구겨진 담뱃갑을 내게 내밀었다.

"암시장에서 샀소."

나는 담배를 피우지 않는다고 대답했다. 그가 냉장고에서 맥주를 꺼내 왔다.

116

"그래도 술은 마시겠지!"

루가 병따개를 내밀었다. 나는 그녀와 파블로가 어떻게 만났는지 물었다.

"이 법정에서요. 미구엘이 방청석 쪽에서 사진을 찍고 있던 저를 파블로에게 소개해 줬거든요."

파블로가 말을 이었다.

"그 남자애의 아버지와 친한 친구 사이요. 바로 코앞에 살고 있지. 나와는 달리 페레티 가족들은 그리용 외에는 선택의 여지가 없었소. 다른 도시에 가서 살 경제적인 여유가 없었으니까. 나는 그게 쥘에게는 행운일 수 있다고 생각했소. 사람들이 아이에게 그 대가를 치르게 하기 전까지는 말이오. 세상은 자유를 용서하지 않았지."

"신문에 로즈에 대한 언급은 없군요."
파블로에게 물었다.

"로즈는 어디에도 절대 나타난 적이 없었으니까. 로즈는 자기 안에서만 살았소. 재판에 겁을 먹었지. 상징적으로라도 로즈의 한 표가 필요했는데, 투표를 거부했소. 결과적으로 루가 배제되고 로즈가 불참하면서 미구엘만이 쥘의 투옥에 반대하는 사람이 된 거요. 올가마저 다른 이들에게 동조했고. 쥘은 7년 실형을 선고받았소. 열여덟 살에 출소할 테지만, 이름은 영원히 더럽혀진 거요. 인터넷에서 두 번만 클릭하면 모든 사람이 아이가 한 짓을 알게 되니까. 미래의 직장 상사도, 만나게 될 여자도, 다 알게 되겠지."

루가 책장에서 엄청난 양의 파일을 가지고 돌아와서는 주방 테이블 위에 올려놓았다. 당시 그 법정에 있었던 모든 배심원의 발언이 기록된 파일이었다. 미구엘은 모든 자료를 보관하고 있었다. 루는 당시 현장에서 찍은 사진들을 페이지 사이에 끼워 두었다. 2029년 이후로 법정은 스케치 작가뿐 아니라 영상 작가와 사진작가에게도 개방됐다. 파블로가 내게 읽어 보라고 권했다.

XXVI

재판

2048년 9월 6일, 조안과 필로멘이 제일 먼저 법정에 도착했다. 필로멘은 군청색 얇은 원피스에 힐을 신었다. 그날 아침 그녀는 전문 팀에게 헤어와 메이크업을 받고 소셜네트워크에 영상을 올렸다. 사진기자들이 기다리고 있으므로 최고의 모습을 보여 주고 싶었을 것이다. 빅토르 주아네는 베이지색 리넨 양복에 흰색 구두, 천 가방, 보르살리노 중절모를 걸치고 나타났다. 그는 필로멘의 스타일을 칭찬하고는 조안과 친근하게 악수하며 사건이 금방 해결될 거라고 안심시켰다. 우리 쪽 사람이 훨씬 많아요. 잘될 겁니다.

건물 밖에는 호기심 많은 십수 명의 사람들이 재판을 보기 위해 줄을 서 있었다. 올가가 그들을 방청석으로 안내했다. 나디르는 피해자 부모와 함께 오른쪽 첫 번째 줄에 앉았다. 반대쪽에는 피고의 아버지가 오늘자 〈르 글레브〉를 읽고 있었다. 파블로가 가져다 준, 1면이 그의 아들 이야기로 할애된 신문이었다. 루는 카메라를 메고 사람들 사이를 분주히 오가며 기대감, 생각에 잠긴 표정, 탐색하는 분위기, 응시하는 시선을 포착했다. 2시 정각에 팍스톤의 배심원들이 단상 위에 나타나 반달 모양의 탁자 뒤에 자리를 잡았다. 미구엘은 맨 끝의 의자에 앉았다.

빅토르가 자리에서 일어서서 사람들을 향해 말했다.

"모두들 안녕하십니까. 주민 정찰대의 종신 회원으로서 제가 재판을 주재하겠습니다. 우선 여러분께 몇 가지 기초적인 규칙을 상기시켜 드리고자 합니다. 우리는 선의와 존중의 자세로 토론하기 위해 이곳에 모였습니다. 모든 배심원에게는 각각 정해진 시간, 최대 2분 내에서 발언권이 있습니다. 또한 질문권이 있습니다. 투표는 거수로 하겠습니다. 질문 있으신가요?"

빅토르는 가방에 손을 깊숙이 넣더니 디지털 스톱워치를 꺼내 자기 앞에 놓았다. 그리고 보호관에게 피고의 입장을 요청했다. 법정은 조용했다. 어린 소년이 피고 박스 안에 나타났다. 건장했지만 수치스러워 어쩔 줄 몰라 하고 있었다. 좋은 인상을 주기 위해 잘 다린 셔츠를 입고 있었다.

쥘은 아버지에게 희미한 미소를 보냈고, 빅토르는 필로멘을 재판석과 방청석 사이의 난간으로 불러냈다. 필로멘은 스마트폰을 꺼내 저장해 온 연설문을 찾았다. 그리고 엄지와 검지로 화면을 확대해 읽기 시작했다.

"친애하는 의장님, 배심원 여러분, 우선 이 자리에 참석해 주신 데 대해 감사의 마음을 전합니다. 누군가를 판결하는 일은 결코 쉽지 않습니다. 특히 그 대상이 미성년자일 때는 더욱 그렇습니다. 저에게도 아들이 하나 있습니다. 최대한 잘 교육하기 위해 애쓰고 있습니다. 여성을 존중해야 한다고, 완력을 사용하지 말라고 가르칩니다. 매일같이 하는 일이지요. 쥘은 어쩌면 그저 운이 없었을 뿐인지도 모릅니다. 어린 나이에 어머니를 잃었고, 아버지는 많은 일을 해야 했지요. 그렇다고 해서 저는 그가 의료 혜택과 교육적 지원을 받을 수 있도록 우리 모범 시민들이 비용을 지급해야 한다고 생각하지는 않습니다. 우리 사회는 이미 청소년 범죄자들을 위해 너무 많은 지원을 해 왔습니다. 그 비용을 차라리 고통받는 아이들, 아직 달라질 희망이 있는 아이들을 위해 사용하면 어떨까요."

필로멘이 자리로 돌아갔다. 조안이 필로멘의 등을 쓰다듬으며 칭찬했다. 다음으로 빅토르가 올가에게 발언을 제안하자, 미구엘이 차가운 시선을 던졌다. "할 말 없습니다." 꺼질 듯 말 듯한 목소리로 올가가 대답했다.

빅토르는 재청하지 않고 다른 주민들에게 순서를 넘겼다. 모두가 필로멘과 같은 의견이었다.

"성범죄자들에게 너무 많은 관심을 주고 있어요. 그보다는 피해자를 더욱 걱정해야 하지 않을까요? 아이는 어떻게 지내고 있나요?"

빨간 머리의 젊은 여성이 카미유의 부모를 향해 물었다. 전날 방송 인터뷰에서 딸 카미유가 가해자가 감옥에 가기를 원치 않는다고 말했었기에, 부모는 젊은 여성의 말을 더욱 기쁘게 받아들였다. 한 심리학자가 카미유의 발언에 대해, 정신적 외상을 입은 아동의 전형적인 자세라고 인터뷰한 바 있었다.

"딸은 자신이 겪은 일을 최소화하고 빠른 시일 내에 안정을 찾고 싶어 합니다."

쥘은 자기 발만 바라보고 있었다. 법적으로 필요한 자기방어도 거부했다. 빅토르가 발언을 이어 갔다.

"저는 이 상황의 긍정적인 면을 이야기하고 싶습니다. 놀라실 수도 있지만, 구속 수감도 하나의 기회라고 생각합니다. 저는 이 사실을 말하기에 좋은 위치에 있는데요, 저 자신이 열여섯 살 때 감옥에 수감된 경험이 있기 때문입니다. 도둑질하다가 잡혔지만 또다시 도둑질했죠. 저는 사회가 제게 한 번도 베풀지 않았던 것을 갖고 싶어서 훔쳤습니다. 어린 시절 너무 많은 고통을 겪었던 저는 감옥에서 그토록 원해 왔던 안전과 기반을 찾았습니다. 게다가 저의 멘토를 만난 곳도 감옥이었어요. 그는 회화반을 가르치던 자원봉사자였지요. 그는 건축가였고, 자신의 열정을 전달하는 데 모든 시간을 할애했습니다. 그분에게 저는 큰 빚을 졌습니다. 저에게서 재능을 발견하셨고, 출소한 제게 기회를 주셨습니다."

미구엘이 빅토르의 말을 자르며 사람들을 향해 말했다.

"이 개소리를 정말 다 믿으십니까? 빅토르가 불행한 집에서 가난하게 자라지 않았다면, 절대 구속을 '기회'라고 말하지 않았을 겁니다. 감옥은 더럽고, 숨 쉴 틈 없이 빽빽하고, 독방은 예외적인 경우에나 갈 수 있으니까요."

그때까지 발언하지 않았던 조안이 반박했다.

"그러니까요. 시대가 변했습니다. 감옥은 다 신축이고, 수용자에게는 각자의 방이 있어요. 게다가 유리 스크린까지 있죠!"

미구엘이 발끈했다.

"신축 감옥은 수족관과 같습니다. 수용자들은 제자리를 맴돌기만 해야 하죠. 눈에 보이지 않는 존재에게 내내 관찰당하는 상황에 미쳐 가고 있습니다. 이 반사거울 아이디어는 그 무엇보다도 가학적입니다. 수용자에게는 사생활도, 지평선도, 피난처도, 창문도 없지만, 네, 맞습니다, 그들에게는 TV가 있죠. 어떻게 아이에게 그런 환경을 지울 수 있습니까? 쥘은 구속되기 전에 행복한 아이였어요. 소박하고 작지만 안락한 집에서 아버지와 살았습니다. 고양이 한 마리도 같이 살았고, 새장에서 연작목도 키웠습니다. 쥘은 늘 밖에 있었어요. 우리 아이들처럼 거품 속에 갇혀 자라지 않았습니다. 그는 지금으로부터 두 달 전에 카미유를 만났어요. 카미유가 자기 집으로 들어오라고 초대했고, 그 후 둘은 석관 침대에 갇혔습니다. 그 나이에는 로맨틱한 첫 키스를 꿈꾸죠. 무덤 모양의 침대가 아니고요. 당신들의 반폭력 시스템이 덫으로 변했습니다. 그 바보 같은 발명품이 없었다면, 우리를 보호하기 위해 만들어진 모든 갑갑한 규칙이 아니었다면 쥘은 오늘 저 피고 박스에 들어가 있지 않았을 겁니다."

파블로가 아들에게 진정하라는 신호를 보냈다. 오늘날 분노

124

는 그리 호감을 사는 감정이 아니다. 미구엘이 아버지의 뜻에 따르면서 차분한 목소리로 과장 없이 발언을 마무리했다.

"저는 여러분에게 그저 아이의 나이를 고려해 달라는 요청만 할 뿐입니다. 열두 살이에요. 그에게는 새로운 기회를 부여받을 자격이 충분히 있습니다. 여러분이 이야기하는 그 '관용'이 공허한 말이 아님을 보여 주시길 부탁드립니다."

나디르에게 재판의 마무리가 요청됐다. 변호사들은 더 이상 법복을 입을 권리가 없었지만, 흰색 완장이 그를 배심원들과 구별했다. 이 액세서리가 토론을 종결할 권한을 주었다. 나디르가 목소리를 가다듬고 연단으로 걸어 나갔다.

"페레티 사건으로 우리 사회는 드디어 지난 세월의 방임주의를 끝낼 기회를 얻었습니다. 이제 형사처벌의 최소 연령이 낮아졌습니다. 그것이 프랑스인들의 선택이었으므로, 쥘이 처벌받지 않는 결정은 누구도 이해할 수 없을 것입니다. 최악은, 이 사건이 선례가 될 수 있다는 점입니다. 열두 살의 청소년이 어린 소녀를 폭행하면서 자신의 행동에 어떤 위험도 없다고 생각할 수 있다는 점입니다. 게다가 쥘은 심리학자의 진찰을 받았고, 사건 당시 판단력에 어떤 장애도 없었다는 진단이 있었습니다. 심리학자는 보고서에서 그가 정상적인 지능을 가졌고, 어떤 정신적 병리도 그의 행동을 설명할 수 없다고 강조했습니다. 의식적인 행동이었고, 그러므로 그 의식에 대한 빚을 갚아야 합니다. 우리는 무거운 처벌을 내리지 않을 것입니다. 7년을 구형합니다. 살인미수와 강간 미수죄로는 꽤 관대하죠. 한 명의 무고한 사람을 감옥에 가두는 것보다 죄인 백 명이 풀려나는 것이 낫다고 변호사들이 이야기하던 시절이 있었습니다. 이제 법정의 어리석음은 과거의 일이 됐습니다. 의심은 피해자 중심으로 이루어져야 할 것입니다. 오로지 피해자에게 도움이 되는 방향으로 말입니다."

필로멘은 자신의 인스타그램 계정에 재판 사진을 마구 쏟아냈다. 실시간으로 재판에 대한 진부한 생각을 샴페인 잔 이모티콘과 '카미유를 위한 정의'라는 멘션과 함께 게재했다. 쥘이 고개를 들었다. 배심원들이 곧 투표를 시작했다. 심리가 끝날 때까지 쥘은 아버지에게서 눈을 떼지 않을 것이다.

루가 촬영한 나디르의 사진은 단 한 장이었다. 변론을 종결하는 순간 찍은 사진이다. 나디르는 황홀한 듯 눈을 크게 뜨고 있다. 두 손마저 기쁨에 들떠 있다. 두 팔은 하늘을 향해 벌어져 있고, 피부 아래로 핏줄이 부풀어 올라 폭발할 듯하다. 그 뒤로 쥘의 모습이 흐릿하다.

XXVII

팍스톤과 그 주민들을 조금 더 알게 된 기분으로, 루와 파블로
를 남겨 두고 나왔다. 미구엘은 팍스톤에서 가시 같은 존재로,
사랑받기에는 과하게 열정적이었고 남들과 너무나 달랐다. 한
편 로즈는 흐릿한 안개 같았다. 사라지기 전부터 이미 그 자리
에 없는 존재였다. 또한 페레티 사건은 그들 부부 사이나 이웃
과의 관계에 도움이 되지 못했다. 걸으면서 생각해 보았지만,
갈수록 석연치가 않았다. 시간이 더 필요했다. 올가를 다시 만
나 사고로 잃은 남동생에 관해 알아보고, 언니의 정신병원 입원
기간을 묻고, 밀로에 대해, 동물에게 무슨 짓을 했는지, 왜 신발
끈으로 가득 찬 상자가 방에 있었는지 알아봐야 한다. 그리고
존재하지 않는 11월의 생일에 대해서도. 내일까지 두 번째 보고

서를 제출해야 하는데, 무엇을 써야 할지 전혀 모르겠다.

다비드는 들어오지 않았다. 대신 거실 테이블 위에 편지 한 통을 남겨 두었다. 손 편지는 좋은 징조가 아니다. 그는 결국 떠났다. 나를 떠날 용기를 냈다. 이유는 모르겠지만, 그 소식이 나를 무너뜨리지는 않았다. 나는 울었고, 울 수 있음에 행복했다. 내 안에 균열이 생겼다. 나는 더 이상 안전을 믿지 않는다. 동물원도 이제는 싫다. 나는 상처받고, 마모되고, 실망하는 삶이 좋다. 세상 모두가 서로에게 변치 않을 것을 약속하는 이 시대에 나를 떠나기로 한 다비드의 자유를 사랑한다. 앞으로 쓸쓸해질 거라고, 어쩌면 조금 슬퍼질지도 모른다고 말할 수 있어 좋다. 슬픔은 그리 슬프지 않다. 경험으로 안다. 아버지가 돌아가셨을 때, 다시는 극복할 수 없을 거라고 생각했다. 내 눈에 늘 그토록 거대하고 강했던 그가 한순간 차갑게 식었다. 그의 손을 잡았지만, 힘없이 떨어졌다. 사람들의 위로가 싫었다. 아버지에게 품었던 나의 사랑에 애도를 표하듯, 고통 속에서 살고 싶었다. 요즘에는 부모가 사망하면, 슬픔보다 통지가 앞선다. 죽은 자의 유족이 신속히 영정사진과 메시지를 소셜네트워크에 전송한다. 친구들이 메시지로 화답한다. 애도하기 전에 먼저 증언하고 이야기해야 한다. 망자의 스토리, 산 자의 스토리. 세상은 거짓을 꾸며내고, 진실은 책이 말한다. 그래서 내가 소설을 좋아하는 거겠지. 허구는 거짓말하지 않으니까. 소설은 경고했다. 사랑은

128

지속되지 않으므로, 너는 그것을 찾아다니리라. 영원할 것 같은 단 한 순간의 광기 어린 사랑을 위해, 특별한 것 없지만 그럼에도 자신은 특별하다고 느끼기 위해.

집이 텅 비었다. 테사도 없다. 테사도 글을 남겼다. 아니 메시지를 보냈다. 카티네 집에서 자고 가. ㄱㅈㅁㅇ 아무 일 없음. 내가 걱정할 이유가 없는데도 "걱정 마요"라고 말하는 습관이라니.

거리가 환해졌다. 하늘의 별도 지루해할 지경이다. 벤탐에서는, 그리용을 제외한 모든 동네가 그렇겠지만, 밤에도 빛이 밝다. 테사가 클럽에 갔대도, 클럽은 투명할 것이다. 이제는 밀실도, 컴컴한 구석도, 지하실도 없다. 마약도, 몸싸움도, 섹스도 없다. 내 딸에게 닥칠 수 있는 위험은 숙취뿐이다.

XXVIII

무심한 눈으로 이웃들의 집을 둘러본다. 벤탐의 집들은 서로 닮았다. 이 동네에는 팍스톤처럼 대담한 건축물이 없다. 돋보일 수 있는 경제적 여유가 없다. 오히려 그 반대다. 누가 가장 예쁜 조명을 가졌는지, 누구네 집 소파가 좋아 보이는지, 누구네 냉장고 디자인이 그럴듯한지 겨루려다가 결국 같은 물건을 사게 된다. 비교하고 질투하면서, 결국 우리는 서로를 베끼고 있다.

판에 박은 듯 비슷한 집들이지만 그 안에 저마다의 강박이 자라고 있다. 우리 왼쪽 집에 사는 리오타르 가족은 몇 해 전부터 이웃들과 갈등 중이다. 그 집의 변태 아들이 보렐 씨 부부의 딸 로지를 훔쳐보며 시간을 보내기 때문이다. 투명화는 새로운 형태의 추행을 양산했다.

우리 집의 오른쪽으로는 미아가 막 87세 생일 파티를 마친 참이다. 그녀는 늙은이들만 모여 있는 우울한 동네라며 은퇴자 지구로 이사 가기를 거부하고 있다. 눈이 잘 보이지 않는 미아는 다른 사람들도 자신을 못 본다고 생각해, 옷을 입지 않은 채로 욕실에서 나온다. 누구도 말해 주지 못한다. 오늘 저녁 그녀는 파란색 홈드레스를 입고 춤을 춘다. 추억에 잠겨 도도하게.

앞집에 사는 니코의 눈은 스마트폰에 고정돼 있다. 집중하고 있는 표정을 보니 만남 앱을 뒤지나 보다. "당신을 위한" 여성들이 줄지어 있는 슈퍼마켓. 사무실에서 나오면서 그가 휴대폰 화면에 뜬 광고를 보여 준 적이 있다. 만남 앱은 "당신은 고통 없이 사랑에 빠질 수 있습니다"라고 약속하고 있었다. 사랑은 결과도 없고 복합적이지도 않은 감상의 진흙탕으로 강등됐다. 열정은 위험하다. 수많은 범죄와 분노한 남편들과 좌절한 연인들의 핑곗거리가 된다. 내 딸은 감정을 길들이면 관계가 진정되고, 안전해지고, 편안해질 거라고 말할 것이다. 사람들은 만남 앱에 이상형의 조건을 입력하다가 필요하지 않았던 모든 조건을 선택하게 될 것이다. 키, 나이, 별자리 같은 것들. 니코는 여지없이 자신의 이상형을 찾을 것이다. 갈색 머리. 자신의 키가 크지 않은 편이므로 키 작은 여자. 그는 자신만의 스타일이 있고, 취향이 있으며, 그럴 권리가 있다. 인위적인 만남에도 감정은 피어난다. 과거에는 정략결혼이 사랑을 피워 냈다. 미래에도 사랑은 합의의 연속일 것이다. 예외는 절대 규칙이 되지 않을 것이며, 그게 나을 수도 있다. 돌연한 만남—어쨌거나 모든 진지한 만남은 우연에서 시작되니까—은 그저 더욱 귀한 것으로 여겨질 뿐이다.

눈으로 한 동네 산책의 끝에서, 한 가지 질문이 머릿속에 맴돌았다. 이들, 나의 이웃들은 우리를 어떻게 생각할까? 그들 또한 우리를 추측하고 있겠지. 다비드가 떠나는 모습을 봤을 테고, 분명 나를 안쓰럽게 여기겠지. 고독은 비정상이므로 사람들은 모든 수단을 동원해 이전의 상태를 복구하려 애쓴다. 그 사실이 바로 남편의 가출에서 가장 짜증 나는 포인트다. 인정 넘치는 이웃들이 방문하리라는 것. 내가 잘 지내면 그들은 수상하게 여길 것이다. 남편을 그렇게 사랑하지는 않았나 봐. 내가 무너지고 틈을 보이면 그들은 나를 위로할 상황이라고 생각할 것이다. 그러니 감정을 드러내지 않고 태연해야 한다. 이런 미지근한 말을 하면서 말이다. 쉽지는 않은데, 잘 견디고 있어요. 말씀 감사합니다. 그들의 위로 따위 신경도 쓰지 않는다. 그저 사라질 수 있으면 너무나 좋겠다, 나도.

10시에 보고서를 제출했다. 시간, 이름, 주소 등 도움 안 되는 정보가 나열된, 불명확하고 모호한 내용이었다. 진실보다는 나의 무능함이 웃음거리가 되는 게 낫다. 잘못 읽히는 것보다는 차라리 읽을거리를 주지 않는 게 낫다.

　니코는 CCTV에서 발견한 사실과 오늘 오전 나의 그리용 방문에 대해 함구하겠다고 약속했다. 그렇지 않으면 루가 곤란해질 것이다. 로즈의 과거에 대해서도 묻지 않기로 했다. 보고서는 어떤 분석도 추론도 폭로도 없는, 이웃들의 증언에 충실한 기록이 됐다.

뤼크 부아롱은 시체가 없으니, 사건도 없다는 빅토르 주아네의 말을 토씨 하나 바꾸지 않고 그대로 반복하면서 사건을 종결시키고는 이렇게 말했다.

"거기까지 해."

의아하게도, 형편없는 내 보고서를 그는 별로 개의치 않는 것 같았다. 간단한 행정 문서인 양 스캔을 뜨더니 보고서를 본인의 책상 서랍에 넣었다.

"내일 사이트에 공개될 거야. 다들 만족할 거고."

니코와 나는 각자의 자전거에 올라타고, 중단했던 동네 순찰을 다시 시작했다.

우리는 몰랐다. 7개월 후, 시체가 발견돼 재수사를 하게 될 줄은.

PANORAMA

여름의 초입이 되면 팍스톤은 방문객들에게 문을 활짝 연다. 주민들은 저마다 테마를 정해 정원을 꾸미고, 아이들이 뛰어놀 수 있는 유료 피크닉 장소를 마련해 방문객들을 맞이한다. 집집마다 암환자, 파킨슨병 환자, 노숙인 등에게 기부하기 위한 모금 활동을 펼친다. 팍스톤 전체가 숭고한 대의를 구현하는 쇼케이스 장이 되는 것이다.

담장에 부착된 코드를 이용하면 누구나 기부할 수 있고, 디지털 측정기에 실시간으로 모금액이 표시된다. 이 방문 코스의 마지막 구간에서 아이들은 가장 예쁜 집에 투표하는데, 여기에서 선정된 집이 후원하는 협회는 당해년도 지역 전체가 지원하는 보조금을 받게 된다.

또한 가장 많은 돈을 기부한 사람에게는 주택 구입 우선권과 10년간의 비과세 혜택이 주어진다. 각 교차로에 세워진 눈 모양의 표지판이 시민들에게 안전에 유의하라고 주의를 주고 있다. 팍스톤은 경비 인력을 보강했고, 올해는 니코와 나도 파견됐다.

7개월 만에 이 동네에 왔다. 나디르가 혼자 살고 있는 것 외에는 변한 게 없다. 두 달 전 루는 싱글들이 모여 사는 놀기 좋은 동네 샤로로 이사했다. 나디르는 검은 운동화와 운동복 차림으로 집 현관에 앉아 있다. 정원도 꾸미지 않았고, 전 여자친구에 대한 원망도 줄어들지 않았다.

"다른 동네는 싫다고, 팍스톤에서 같이 살자고 고집을 부려서 이 집을 산 거거든요. 그래 놓고 여기서는 행복하지 않다더라고요."

그들이 팍스톤으로 오게 된 것이 루의 뜻이었는지는 몰랐다.

"당신들은 그 여자를 몰라요."

나디르가 씁쓸하게 덧붙였다.

"그 여자는 사진계의 스타가 되고 싶어 했어요. 거대한 야망이 있었죠. 나도 야망이 있지만, 최소한 솔직하게 인정은 하잖아요."

니코가 대화를 끝내기 위해 그의 어깨를 두드리며 말했다.

"나는 뭐 일주일에 한 번씩 차이는 걸요. 당신 심정 잘 알아요. 힘내십시오."

저 멀리 흰색 앞치마를 입은 필로멘이 보였다. 다가가서 보니 집 내부를 라일락으로 장식해 놓았다. 정원에는 분홍색 달리아와 별 모양의 과꽃, 키 큰 헬레니움, 거대한 구리색 데이지가 자라고 있다. 여러 대의 스프링클러가 작동되며 꽃에 물을 주고 있다. "오직 빗물만 사용해요" 하고 필로멘의 남편 조안이 말했다. 몇 년 전부터 여름 꽃들이 3월부터 피기 시작했고, 6월엔 폭염이 이어졌다. 필로멘은 이런 기후 변화를 반영해 사람들을 상쾌하게 하는 "오아시스"를 만들었다. 분수에서 하얀 액체가 나왔다. "비트 설탕과 귀리 우유예요." 필로멘이 우리를 맞이하며 설명했다. 그녀는 꿀과 대추야자, 무화과 등 오리엔탈 향이 나는 홈메이드 아이스크림을 팔고, 수익금은 "성폭력에 대항해 싸우는 여성 의료 국제기구인 주농월드"에 기부한다. 조안은 어린 야자수가 기대어 있는 정원 주변에 화분을 배치하고, 아르튀르와 니뇽이 돛단배를 띄울 수 있는 연못을 파 놓았다. 아이들은 부모의 테마에 맞추어 빨간색과 흰색 냅킨으로 케피를 만들어 두르고 있었다. 축축한 모래 화분에서 향기로운 풀들이 피어났다. 배고픈 새들이 부리로 땅을 파헤쳤다. 안경 쓴 여자가 도가머리 새를 알아봤다. 흰색과 검은색 날개를 가진, 본래 아프리카에 서식하는 종이다. 여자가 친구에게 물었다. "이 사람들 새까지 빌려다 놓은 거야?" 베이지색 간두라를 입은 조안이 음료수를 따라 준다. 빅토르가 다가와서는 레모네이드를 단숨에 마시고 짓궂게 옆집의 측정기를 가리켰다. "우리 조조, 이거 봤어? 루아예뒤마네가 당신보다 더 잘하고 있는데?"

사실이었다. 올가의 가판대가 조안의 집보다 훨씬 인기 있었다. 올가는 부재한 언니를 대신해 집을 관리하고 있었고, 행사에 그 집을 이용할 수 있었다. 그녀는 사라진 자들의 정원에 크로케 경기장과 거대한 카드를 설치해 《이상한 나라의 앨리스》 배경을 만들었다. 니코가 "또 논란이 있을 테마를 선택했네요" 하며 빈정거렸다. 올가는 몇 킬로그램이나 되는 튀김과 추로스, '나를 먹어요' 비스킷과 사람 모양의 진저브레드를 직접 만들었다. 또한 각자 나무에서 사탕을 따먹거나 야생 풀 사이에서 귤을 주워 먹을 수 있도록 과일과 사탕을 배치해 두었다. 흰색 토끼로 분장한 올가는 지난 11월에 만났을 때보다 훨씬 편안하고 명랑해 보였다. 우리에게 다가오는데 선홍색 두 볼에 푸른색 혈관이 보였다. 그녀가 자신의 두 손을 물들인 붉은 장미 다발을 건넸다.

"제가 직접 칠한 거예요."

우리는 날씨에 대해, 낮 동안 주방에 그늘을 드리우지 못하게 된 고장 난 지붕에 관해 말하면서, 태양열 에어컨이 효과적이라 다행이라고, 그렇지 않았다면 튀김기의 열을 견디지 못했을 것이라는 이야기를 나눴다. 올가는 결국 본인이 궁금해했던 주제를 먼저 꺼냈다. "새로운 소식이 있나요?" 나는 토끼로 변장한 올가에게 "현재는 수사가 중단된 상태"라고 대답하면서, 의미 없는 사소한 디테일이라도 혹시 생각나는 게 있으면 언제든 내게 연락하라고 말했다. 니코가 웃음을 참지 못하자, 올가는 "너무 덥네요, 숨이 막혀요" 하며 귀와 꼬리 역할을 하던 커다란 머리띠와 흰 공을 벗어 던져 니코를 놀래켰다. 내가 명함을 건네자 올가가 눈으로 빠르게 훑었다.

방문객들이 그녀의 가판대로 갑자기 모여들었다. 올가는 사방으로 뛰어다니며 누군가에게는 차를 주고, 누군가에게는 커피를 주면서, 마닐라 거리의 고아 돌봄 협회를 후원하는 이유를 설명했다. 스무 살 때 방문했다며 사진도 보여 주었다. 사진 속 그녀는 멜빵 바지를 입고 두 팔로 아기를 안고 있다. 그 뒤로 벤치에 앉은 흰색 셔츠의 신부가 보인다. "도미니크 신부님이 설립자세요. 2000년 초반에 아이들을 위한 유리 집을 만드셨죠. 소아성애자 사건이 교회의 이미지를 실추시켰던 시대에 선구자셨어요. 이 프로젝트로 기부자들을 안심시켰고, 거짓 고발도 예방할 수 있었죠." 올가의 연설이 지나가던 사람들을 사로잡았고, 측정기 수치가 올라갔다. "아이들을 대신해서 감사드립니다. 그들을 위하여."

해가 기울고 있다. 날은 계속 덥고, 열려 있는 집들 사이로 단편적인 대화 소리, 음악 소리, 설거지통에 들어가는 식기들이 부딪히는 소리가 들려온다. 거리에는 음식을 나르는 배달원들이 오가고 있다. 동네 주민들은 옳은 일을 했다는 생각에 흡족한 표정으로 장식물을 정리한다. 빅토르는 필로멘과 조안을 돕고 있고, 그들의 아이들, 아르튀르, 살로메, 니농은 거실에서 AR로 콘서트 실황을 보고 있다. 아이들이 미친 듯이 노래하고 춤춘다. 한 명은 소파에서, 다른 아이는 주방 한가운데서, 세 번째 아이는 거실에서 눈을 가리는 헬멧을 쓰고 빙글빙글 돌고 있다. 올가는 경연에서 승리했고, 기쁨을 더 누리기 위해 변장 옷을 다시 입었다. 루아예뒤마 주택 주방을 청소하는 흰토끼 한 마리가 길에서도 보인다. 현관 앞에는 디지털 측정기가 파란색, 녹색으로 반짝인다. 그리고 불꽃놀이 폭죽이 환하게 빛을 내며 올가의 빈집을 밝힌다. 밀로, 미구엘과 로즈는 다시 나타나지 않았다. 니코가 마리화나에 불을 붙여 내게 권했다. 우리가 살고 있는 세계처럼 어처구니없는 이 장면들 앞에서 우리는 함께 연기를 내뿜는다.

II

"그래, 남편을 염탐하고 있어. 부끄럽지는 않아. 다들 그러고 사니까."

니코가 잠자코 내 말을 들었다. 우리는 팍스톤의 출구 쪽으로 걷는 중이었다.

일곱 달. 다비드가 떠난 지 7개월이 됐다. 나는 거의 매일같이 그의 집 앞을 지나간다. 그는 동네의 반대쪽 끝으로 이사해 여자와, '다른' 여자와 살고 있다. 나는 자주 그들을 염탐한다. 그 여자 루이즈는 일하지 않는다. 그녀는 필로멘처럼 리얼리티 광고를 하며 살고 있다. 월요일에는 플뢰르드포, 화요일에는 캐러멜, 수요일에는 유포리아의 로고가 잘 보이도록 속옷을 입고 퍼레이드를 한다. 내 남편에게 고급 향수를 선물하고 통창 유리 앞에 상자를 진열한다. 루이즈는 이불 위에서 뒹굴며 그의 귀에 야옹거리는 날씬한 암고양이다. 다비드는 기계적으로 그녀의 배를 쓰다듬는다.

"왜 그렇게 스스로를 못살게 굴어?"

니코가 내게 묻는다.

"볼 게 없으니까."

루이즈와 다비드는 석관 침대를 놓지 않았다. 그들은 그대로 노출한다. 진실을, 슬픈 진실을 보여 준다. 그들의 몸은 살덩이에 불과하고, 얼굴은 위아래로 놓인 두 개의 안면일 뿐이다. 그들을 보면 역겹고 배가, 몸 전체가 아파 온다. 다비드가 나를 떠났을 때, 나는 그가 그리용으로 가거나 외국으로 떠날 거라고 생각했다. 그는 도시에 남기를 선택했다. 누군가는 마약에 취하듯이, 그는 아무하고나 자고 다녔다. 떠나면서 남긴 편지에서 그는 나를 원망했다. "당신이 다 망쳤어"라는 문장으로 나의 이기심과 질투를 질책했다. "사랑은 불순한 거야. 사랑은 불순해야 해. 그 거친 표면을 없애려면 사랑이 사라지는 위험을 감수해야 하지. 지금 우리가 어떤 상황에 도달했는지 한번 봐."

니코가 내 손을 잡았다. "그 사람을 아직 사랑하는구나." 그가 주머니에서 스쿠터 열쇠를 꺼낸다. "한잔하러 갈까? 오늘 저녁에 프랑스와 우루과이 경기가 있어. 축구 응원하다 보면 긴장이 풀릴 거야."

그러자고 했다. 담배를 너무 많이 피웠고 말을 너무 많이 했다. 니코는 스쿠터를 동네 출입구 차단기 바로 뒤에 주차해 두었다. 막 떠나려는데, 올가가 보인다. 몇 미터 아래에서 트램을 기다리고 있다. 니코는 미행하고 싶어 했지만, 내게 다른 아이디어가 떠올랐다.

"팍스톤으로 돌아가자."

팍스톤 경비들에게 배지를 내밀었고, 니코도 따라 했다. 경비들이 차단기를 올렸다. 사람들은 축구를 보고 있다. 찬바람이 들어오도록 모두가 지붕을 열어 둔 채였다. 니코가 지붕 위로 올라가는 것을 도와주었다. 나는 알루미늄 구조물로 된 온실에 매달렸다가 올가의 집으로 재빨리 들어갔다. 거기에 토끼 변장 옷이 있었다. 나는 빠르게 그 옷으로 갈아입었다. 머리부터 발끝까지 옷이 온몸을 가려, 밖에서 볼 수 있는 건 내 두 눈뿐이다. 나는 흰색 꼬리 공, 커다란 두 귀가 달린 머리띠를 착용한 채 옷장을 열고, 쿠션을 만져 보고, 오븐 안을 들여다보고, 쓰레기통을 뒤집었다. 냉장고에는 반쯤 먹은 파이가 가득했다.

갑자기 손목시계의 진동이 울렸다. 불안에 떨고 있는 니코다. 아직 끝내지 못한 방이 남아 있는데, 완전히 조용한 가운데

차의 헤드라이트가 수색을 방해한다. 리모비앙. 보리스 비앙에게 헌정됐던 차 모델이다. 보리스 비앙이 〈세월의 거품〉을 영화화할 때, 푸조사가 이 투명한 차를 제작했고, 현재는 수소 차 버전으로 판매하고 있다. 팍스톤에서는 주민 정찰대만이 이 차를 한 대 가지고 있다.

빅토르와 조안이 다가온다. 나는 그들에게 등을 진 채 싱크대 앞에 있다. 올가 집의 붉은 조명이 꺼졌다가 켜진다. 고장이 난 것 같다. 빅토르가 나를 부른다. "올가, 마지막으로 말하는데, 이 등 좀 고쳐. 경비원 부르게 하지 말고." 나는 돌아보지 않은 채 고개를 까딱했다. 빅토르가 짜증을 낸다. "올가, 내가 말하면 대답을 해." 내가 반응이 없자, 내 쪽으로 오기 위해 집을 한 바퀴 돈다. 나는 영장도 없고 여기에 있을 권리도 없다. 게다가 이 변장 옷을 입은 채 발견되면 치욕스러울 것이다. 당황한 니코가 리모비앙에 돌을 던지더니 달리기 시작했다. 조안이 그를 추격하기 시작했고, 얼마 후 빅토르가 그 뒤를 따랐다.

남은 시간이 얼마 없다. 올가의 방에서 모든 구석을 다 뒤졌다. 손이 떨려 화병을 떨어뜨렸는데, 굴러가다가 다행히 깨지지는 않았다. 청동 조각상을 뒤집어 놓을 뻔했다. 모든 물건이 뒤죽박죽이고, 마구 쌓인 서류 더미가 서랍에서 삐져 나와 있다. "판매"라고 표시된 문서들 속에 저장장치가 숨겨져 있다. 그 안에 어떤 내용이 있는지 모르지만 우선 주머니에 넣는다.

앞집에서 나디르가 친구 몇 명과 축구 경기를 보고 있다. 변장 옷을 막 벗으려 할 때, 심판이 전반전 경기 종료를 알리는 호루라기를 불었다. 나디르와 일행이 테라스로 나와 술병을 땄다. 한 젊은 남자가 나를 손가락으로 가리키자 일행들이 웃음을 터뜨렸다. 정찰대 차량 불빛이 희뿌연한 빛으로 여전히 집을 비추고 있다. 조롱하는 소리가 들렸다. "토끼가 헤드라이트에 걸렸네." 조안과 빅토르가 돌아와 리모비앙을 점검한다. 조안은 화가 났다. "이 새끼 잡히기만 해 봐." 그들은 나보다는 차의 상태에 더 신경이 쓰였는지 서둘러 돌아갔다. 경기가 다시 시작됐다. 그 틈을 타 밖으로 빠져나왔다.

팍스톤의 출입구에는 아무도 없다. 집까지 걸어가야겠다고 생각하는데 니코가 어디선가 나타났다. 그의 스쿠터 뒤에 올라탔다. 집에 도착하자마자 주머니에서 자랑스럽게 저장장치를 꺼내 그에게 건넸다. 그가 한숨을 쉬었다.

"오늘 밤에 파올라네 집에 가서 자기로 했는데. 알지? 그 이탈리아 여자. 내가 앱에서 사진도 보여 줬잖아."

내가 반응이 없자, 니코가 말을 멈춘다.

"좋아. 뭘 할 수 있는지 볼게. 그래도 기대는 마."

다음 날 아침에 만나기로 약속한 터라, 아침이 되자마자 청취실에서 조급하게 니코를 기다렸다. 컴퓨터와 스피커 두 개뿐인 공간이다. 3층. 3B실. 9시 30분. 니코는 웬일로 정각에 나타났다.

밤사이 니코는 저장장치에 있던 데이터의 일부를 해석하는데 성공했다.

"흥미로워할 만한 것 하나를 찾았어. 로즈 루아예뒤마의 음성 노트인데, 2049년 11월 10일 거야. 올가가 지난 11월 17일에 파일을 다 지워 버리고 이거 하나만 남겨 뒀어. 저장장치에 유일하게 남은 기록이야. 잊어버리고 못 지웠을까, 아니면 일부러 남겨 놨을까? 나는 모르겠어."

니코가 컴퓨터에 저장장치를 연결했다. 느리고 멀리 느껴지는 로즈의 음성이 청취실에 퍼져 나갔다.

또 나야. 나를 원망하지 않았으면 좋겠고, 내 결정을 이해해 줬으면 좋겠어. 나도 선택의 여지가 없어. 그림은 이제 안 팔리고, 미구엘이 일을 좀 하긴 하지만 단기적인 것들이라 충분치 않아. 게다가 밀로도 있고. 그리고 다 알잖아……. 시간 될 때 다시 이야기 나누자. 사랑해.

루아에뒤마 가족은 경제적인 문제로 어떤 결정을 내려야만 했을 것이다.

니코는 수사 초기에 그들의 은행계좌 내역을 확인했다. 이상한 지점이나 의심스러운 거래내역은 없었지만, 실종 몇 달 전부터 잔고를 초과하는 지출이 자주 있어 기록해 둔 상태였다. 필로멘이 우리에게 이야기했던 것과 달리, 실종 당시 로즈는 저축의 마지막 여분으로 살아 가고 있지 않았고, 이미 다 써 버린 상태였다. 미구엘이 그리용의 서점인 시르콘플렉스의 일을 도왔지만, 그건 자원봉사였다. 나머지 시간에 그는 벤탐에서 배달이며, 제품 수리, 서빙 등의 일을 겸업했으나, 매번 더 값싼 인력을 선호한 사장들이 그를 해고하면서 끝이 났다. 고용 불안정 시대에는 시장논리가 곧 법이라서 최저임금이나 계약서도 없고, 흔히 말하듯 일자리는 쉽게 사라진다.

몇 달째 로즈와 미구엘은 높은 주거세와 사회단체 의무 기부, 문화 프로그램 이용비, 밀로의 사립학교 등록금 등 팍스톤에 거주하기 위한 조건에 맞출 수가 없었다.

"그들이 이사 갈 집을 찾고 있었다고 생각해?"

니코가 물었다.

"그보다 나는 이 사람들이 그 동네에서 그때까지 뭘 하고 있었는지 도대체 이해할 수가 없어. 더 이상 돈도 없고, 친구도 별로 없는데. 미구엘의 규칙 위반까지 갈 것도 없이 말이야. 로즈가 떠나기 싫어 했던 거지만, 더 이상 선택의 여지가 없었잖아."

니코는 나의 추측에 동의하면서도 의문을 제기했다.

"그들이 팍스톤을 떠나고 싶어 했다고 쳐. 그런데 올가는 왜 거기 살고 있었던 거지?"

나는 주머니에서 휴대폰을 꺼냈다. 조사하면서 녹음한 증언들이 그 안에 있었다. 빅토르의 말, 루의 말, 파블로의 말. 그중에서 〈필로멘 카렐_11월_19일〉을 선택해 필로멘의 증언 중 내가 원하는 부분을 틀었다.

팍스톤에 살기로 한 건 로즈의 뜻이었어요. 로즈는 한때 베를린부터 도쿄까지 모든 중요한 갤러리에서 전시를 할 만큼 성공가도를 달렸고, 여성인권이나 친환경을 위한 투쟁에 참여하기도 했어요. 2029년 리벤지 위크가 끝나고 친자연적인 저 집을 지었고, 자기 일을 도와주는 친동생을 위해 작은 집도 하나 더 지었죠.

일시정지 버튼을 눌렀다.

"올가의 집은 로즈 거였어."

니코가 혼란스러워하는 것 같아 구체적으로 설명했다.

"내 생각에 로즈는 자기 집을 팔지 않기 위해서 동생 집을 팔려고 했던 것 같아."

"그럼 밀로는? 분명히 이렇게 말했잖아. 게다가 밀로도 있고, 그리고 다 알잖아, 라고."

엘리베이터-사무실이 3층에서 멈췄다. 1층 우리 사무실은 뤼크 부아롱이 원격으로 연결할 수 있어서, 우리는 3층의 이 보안 부스를 선호했다. 유리문이 열리기 전에 나는 저장장치를 숨겼다.

부아롱이 우리를 보고 거기서 뭐 하고 있냐고 물었다. 그는 직원들이 보안 부스를 타당한 이유 없이, 그러니까 자신의 승인 없이 사용하는 것을 좋아하지 않았다.

"어제 팍스톤에서 있었던 행사에 대해 정리하고 있었어요."

"그것 때문에 청취실이 필요했나? 내가 바보인 줄 알아?"

그가 우리에게 경고했다.

"자네들 그 사건에서 완전히 손 뗐기를 바라네. 다시 말하지만, 공식 임무 이외의 시간에 수집한 어떤 증거도 유효하지 않을 거야. 엘렌, 자네 내가 지시했던 긍정 파일은 다 끝냈나?"

나는 그에게 마그네틱 카드를 건넸다.

"여기 있습니다."

한 달에 한 번, 지역의회(각 지역별 대표로 구성된다)는 우리에게 투명사회에 관한 "긍정적인" 정보를 수집하고 게시할 것을 요구했다. 이전의 세계에서라면 비극으로 전개될 일이었으나, 유리 벽의 존재 덕분에 제어될 수 있었던 상황들을 수집하라는 것이다. 지난주에는 요양원에서 난 화재가 조기에 진압되었다. 그저께 아침에는 7개월 된 아기가 구조됐다. 아기 아빠가 긴급 화상 전화를 받느라 아기를 욕조에 혼자 두었던 몇 분 사이에 일어난 일이었다. 아기가 미끄러져 엎드린 상태로 얼굴이 물속에 잠겼다. 한 소녀가 등굣길에 이를 발견하고 유리문을 두드렸다. 나는 그날 저녁, 이 사건의 신고를 받았다. 시민들은 이런 류의 정보를 안전관리인에게 전달할 의무가 있다. 아기는 곧바로 조부모의 집으로 옮겨졌고, 아기 아빠는 이웃들에게 고소당했다.

모든 사례는 투명화닷컴에 게재되고, 안전관리본부 스크린에 반복적으로 게시된다. 현재까지 유리 건축물 덕분에 구조된

152

프랑스인은 17,000명 이상이다. 집 안에서 일어나는 사고의 수도 줄었다. 나 또한 테사가 어릴 때, 밖으로 향해 있는 냄비 손잡이를 조심하라, 당신 딸이 냄비를 엎으면서 화상을 입을 수 있다고 지시하는 이웃의 방문을 받은 적이 있다. 무슨 상관이에요?라고 대답할 수는 없다. 그랬다가는 사회복지국에 신고당할 테니까.

IV

2050년 6월 23일

모두가 그들에 대해 이야기하고 있다. 오늘 아침부터 뉴스 전
문 채널은 루아예뒤마 가족의 사진을 공개했고, 기자들은 실시
간으로 끔찍한 장면에 대해 코멘트 하고 있다. 어떤 이들은 투명
사회 자체에 대해 회의론을 이끌어 냈다. 우리는 지금 이웃 간 경
계에도 불구하고 두 건의 끔찍한 살인이 이곳, 안전에 있어서는 가장
선구적인 동네 팍스톤에서 벌어질 수 있음을 목격하고 있다고. 화면
에 커다란 글씨로 두 문장이 떴다. 팍스톤에서 살인사건 발생: 시
스템의 결함인가?, 폭력의 부활: 프랑스 국민의 생각은?

　사람들의 관심이 광적으로 폭발하자, 팍스톤은 관광객과 방
문객에게 빗장을 걸어 잠궜고, 리얼리티 광고도 당분간 금지됐
다. 내 휴대폰도 끊임없이 울렸다. 인터뷰를 요청하는 사람들이

었다. 나는 놀이터로 다가갔다. 엄청난 규모의 흰색 방수포가 주변으로 펼쳐져 있다. 과학수사대는 지대를 분석하고 있고, 니코는 시신을 발견한 인부들의 증언을 모으고 있다. 루아예뒤마 주택에서 불과 몇 발짝 떨어진 놀이터에서 발굴 작업이 진행되고 있다.

시신 발견은 지연된 공사가 재개되면서 이루어졌다. 1년도 더 전에, 루아예뒤마 가족이 실종되기도 전에 놀이터에서 사고가 있었다. 한 여자아이가 미끄럼틀에서 티셔츠 후드가 틈에 낀 것을 모르고 힘껏 내려왔다. 아이는 의식을 잃고 소생술을 받아야 했다. 이후 지역위원회는 위험하다고 판단되는 미끄럼틀과 스프링이 달린 놀이기구를 철거했고, 끝내 놀이터를 폐쇄하기로 했다. 주민들은 놀이터 자리에 패들링 풀, 캐릭터 제트기, 아치형 분수가 있는 물놀이 공간을 요구했다. 공사는 지난해 9월에 시작되어야 했으나 지연됐다. 그리고 오늘 아침 일찍, 인부들이 기계식 삽을 이용해 잔디를 파내기 시작했다. 하지만 삽이 파낸 것은 시체들이었다.

시신 두 구. 셋이 아니었다.

논평가들은 추측을 시작했다. 그들은 미구엘을 그리용에서 자란 폭력적인 남자로 소개했다. 새로운 질서에 적응하지 못한 남자. 로즈와 밀로는 이웃들이 증언하는 예측 불가능한 아버지 혹은 남편의 기분에 종속되어 갇혀 살아왔을 것이었다. 실종 전날 말다

틈이 벌어져 더 큰 참사로 이어졌을 것이다. 현장에 파견된 기자들은 루아에뒤마 주택의 유리 벽 앞에서 이원 생방송을 진행했고, 경찰의 첫 번째 조사 보고서에 따르면, 이 가족은 사라지기 직전 마지막으로 여기에서 목격됐다면서 집 안의 가구와 아이의 침대, 로즈의 그림, 가족사진, 주방 테이블을 서슴없이 클로즈업했다. 가설을 이어 가며 근거 없이 범인을 지명하는 것도 빼먹지 않았다. 만약 미구엘이 도주에 성공했다면 그는 어떻게 목격되지 않을 수 있었을까요? 무엇보다 그는 어떻게 주변의 시선을 끌지 않으면서 아내와 아들을 살해할 수 있었을까요?

거대한 추측의 장에서, 우리 안전관리인들은 알고 있었다. 발견된 시신은 로즈와 미구엘이라는 사실을. 아들 밀로만이 여전히 실종 상태임을.

V

로즈와 미구엘은 1.5미터 깊이의 구덩이에 흙으로 덮여 있었다.
한 사람이 다른 사람의 몸 위에 겹친 채로 발견됐으며, 부패가
진행된 상태였다. 로즈는 얇은 메리노울 소재의 파자마를 입고
있었고, 미구엘은 와인색 니트와 파란색 청바지를 입고 있었다.
더운 날씨에 부패가 계속되는 것을 막기 위해, 시신은 은퇴자
지구와 상업지구 사이에 있는 영안실로 신속히 옮겨졌다.

부검 결과를 기다리는데, 뤼크 부아롱이 니코와 나를 사무실
로 호출했다. 우리의 최근 보고서를 프린트해 눈앞에 손수건처
럼 흔들어 대면서 그가 경고했다.

"범인 못 잡으면 끝이야. 자네들도 나랑 같이 끝나는 거고."

부아롱 같은 안전관리부 책임자는 지역위원회에서 선출한다. 경비원을 고용하고 질서를 유지하는 역할을 부여받은 일종의 프랑스식 보안관으로, 지역에서 자율적으로 해고하거나 유임할 수 있다. 인사 결정은 연말에 이루어지는데, 뤼크 부아롱은 루아예뒤마 사건으로 자신이 막대한 대가를 치를 수 있음을 알고 있었다.

"내가 이 자리에 앉은 지 20년이 넘었어. 20년 동안 충동이나 광기나 증오로 투명화 시스템을 뚫고 범죄를 저지른 자들은 있었어도, 두 명이 살해된 사건에 범인도 목격자도 없는 경우는 없었어. 왜인 줄 아나?"

부아롱은 손을 자신의 민머리로 갖다댔다. 그의 두 눈, 두 개의 작고 동그란 구슬이 움직이며 니코와 나를 차례로 뚫어지게 바라보았다. 그의 입꼬리가 올라가며 경멸을 드러냈다.

"왜냐, 존재하지 않으니까. 그러니까 내가 한 번도 못 본 거야."

그는 우리에게 한 달의 시간을 주었다. 수사하고, 범인 혹은

158

범인들을 찾아내고, 밀로를 찾아내는 데 한 달.

　낮 1시. 니코에게 스쿠터로 올림포스의 집에 내려 달라고 부탁했다. 다른 지역에 있는 식당이다.

VI
_____   _____

_____

뉴욕에서 돌아오면 고급 식당에서 점심을 사 주겠다고 테사에
게 약속했었다. 뉴욕 여행 때문에 생일 식사를 뒤로 미뤘고, 그
게 오늘이다. 시신이 발견되면서 상황이 복잡해졌고, 일이 너무
많다고 설명하려고 애썼으나 테사는 들으려고도 하지 않았다.
엄마는 커리어보다 개인 생활을 중시해야 하고, 게다가 그 커리어는
기울어지는 추세야.

테사가 예의 없게 굴었지만, 신경 쓰지 않기로 했다. 테사와
진지하게 마주 앉는 것도 오랜만이었고, 또 수요일이었다. 고등
학생들이 대부분 그렇듯, 테사는 일주일에 3일은 재택학습을
한다. 수요일부터 금요일까지 자율적으로 수업을 듣는다. 학생

들은 정해진 분량의 영상을 시청해야 하고, 평가는 객관식 필기 시험으로 받는다. 각자 원하는 만큼 재시험을 봐서 나은 점수를 받을 수 있다. 학습 시간도 자신에게 맞게 각자 알아서 선택한다. 테사는 낮에 빈둥거리다가 밤에 공부한다. 아침 운동 중에 스마트폰에 무아지경으로 빠져 시간 가는 줄 모르는 날도 수두룩하다. 그러니 차라리 점심식사를 먹는 게 낫다.

싱글들이 사는 동네 샤로에 식당을 예약했다. 올림포스의 집은 셰프 올림프 피뇽이 유명 요리 프로그램에서 상을 타면서 유명해졌다. 다른 스타 셰프들과 마찬가지로 그는 많은 셀럽과 축구선수, 내 딸의 최애 가수인 작생트와 같은 세계적인 스타의 친구다.

테사는 자리에 앉자마자 내가 건드리고 싶지 않았던 단 하나의 화제를 꺼낸다. 자기 아빠 이야기다. 딸은 여행 다녀오느라 제 아빠를 2주째 보지 못하다가 어젯밤에 만났다. 그는 마침 테사에게 루이즈를 소개해 줬고, 테사는 굉장하고 개방적이라는, 아무 의미도 없는 형용사 두 개로 그 여자를 평가했다.

"무엇에 개방적인데? '개방적'이라는 게 무슨 뜻이야?"

테사가 말한다.

"세계를 향해 열려 있다, 호기심 많고, 조심스럽고, 뭐 그런 거지. 아 몰라, '개방적'인 게 무슨 뜻인지."

딸은 관용적이라는 말을 하고 싶은 거였다. 딸이 자신의 양성

애 성향에 대해 말하자, 루이즈는 그걸 최고라고 표현했단다. 반면 나는 지난 4월에 딸의 말을 듣고 그저 어깨를 으쓱했을 뿐이었다. 성적 지향성에 있어서 최고일 게 뭐가 있는지 모르겠다.

"그건 네 영역이고, 너는 삶을 원하는 대로 이끌어 갈 권리가 있어. 나는 여성이 바이섹슈얼인 것에 대해 아무 생각이 없고, 그건 어떤 여자가 흑인이건 아시아인이건 거기에 대해 내가 아무 생각이 없는 거나 마찬가지야. 내가 사람들을 인식하는 기준이 아닌 거지."

테사가 긴장한다. 나는 화제를 바꿔서 뉴욕 여행에 관해 묻는다. 테사는 세계 고등학생 모의 총회에서 프랑스를 대표했다. 매년 전 세계의 학생들은 기후위기, 세계 분쟁, 가난, 집단이민과 같은 우리 시대의 커다란 문제 해결에 노력하기 위해 각자 자기 나라의 외교 특사가 된다. 어른들이 실패한 것에 성공하기 위해. 올해 회의의 주제는 "민주주의의 위기"였다. 유엔에서 테사는 수업 시간에 배운 내용을 박식한 척 낭독했다. 양극화한 세상에서, 그리고 점점 더 권위적으로 변질되고 있는 정권에 맞서서 프랑스는 시민 각각의 목소리가 존중되는 민주주의와 안전, 자유의 모델을 대안으로 삼아 구현했습니다. 그러자 벨기에 학생이 그리용과 같은 소수자 지구가 있어 프랑스는 완전히 분열된 나라라는 인상을 준다며 반박했다. 많은 프랑스인이 혁명 이후 벨기에로 이주했죠. 벨기에 학생이 덧붙이자, 동그란 안경을 쓴 부스스한 올빼미 같은 미국 여학생이 뛰어들었다. 그녀는 유엔 건물을 예로 들며 투명화를 치켜세웠다. 친구들이여, 우리가 토론하기 위해 모인 이곳 말이에요, 이 유엔 사무국이 '유리 궁전'이라고 불린다는 사실 알고 계시죠. 뉴욕 사람들은 유리 건축 소재를 사랑해요. 애플스토어를 비롯해서 여러 건물이 유리로 만들어졌죠. 하지만 프랑스만큼 멀리 가지는 못했습니다. 프랑스는 모든 혁명의 새벽입니다. 토론은 프랑스식 모델에 맹렬히 반대하는 이탈리아 고등학생이 투명화에 기반한 파시스트 건축 모델인 카자 델 파쇼를 언급하는 연설로 끝났다. 이 비교는 의회 절반의 야유와 나머지 절반의 박수를 불러일으켰고, 더 이상의 토론은 불가능했다.

서버가 샐러드를 가져왔다. 테사의 샐러드에는 드레싱이 없고, 나는 흥건하게 올리브유를 넣는다. 테사는 거의 먹지 않는다. 갈수록 먹는 양이 줄고 있다. 모이를 쪼아먹는 수준이다. 입에 넣는 모든 음식의 무게를 잰다. 토마토를 여러 조각으로 잘라 천천히 씹는 테사의 모습을 지켜본다. 이따금 인조 손톱으로 올리브를 파먹기도 한다. 한마디 하고 싶지만 자기 아빠네 집에 가서 살겠다고 할까 봐 아무 말도 못 하겠다.

테사는 자기 접시를 뚫어지게 보는 내 시선에 놀라 재빨리 수사 이야기를 꺼낸다. 분명히 시체 이야기를 하면 내가 풀어질 거라고 계산했을 것이다. 하지만 테사의 가장 친한 친구 카티가 얼마 전부터 팍스톤에서 살고 있는 〈유죄추정〉 진행자의 아들과 어울리는 것을 아는 한 아무 말도 해 줄 수 없다. 벤탐에 살던 그 가족은 평화로움을 찾아 그 VIP 동네로 이사 갔다. 나는 카티가 그 가족의 팍스톤 이주 소식을 듣고 그 집 아들 곁을 맴돌기 시작했음을 모를 만큼 바보가 아니다. 카티는 혼자서 이 실종 사건 수사를 시작했고, 나를 만날 때마다 그 동네에 데려가 달라고 졸라 왔으니까.

나는 테사가 이미 알고 있을, 시체 발견 소식을 이야기해 준다. 피해자의 신원은 말하지 않으면서.

"끔찍해."

딸이 반복해 말한다

"끔찍해. 미구엘은 괴물이야, 괴물. 카티의 말이 맞았어."

나는 딸이 그렇게 믿도록 내버려둔다. 테사가 단숨에 화제를 자기 아빠 얘기로 돌린다.

"엄마도 노력해야 해, 아빠하고 대화 좀 해."

노력하라니. 내가 왜 노력해야 하는가? 딸은 확신에 차서 이야기하지만, 내가 노력해야 한다니. 여기 노력하는 사람은 아무도 없다. 무엇보다 노력을 장려하지도 않는다. 학교도, 사회도, 기술도. 스마트폰을 켜도 무엇이 진실인지 더 이상 모르겠다. 중요하지도 않다. 중요한 건 순환이다. 흐름. 트렌드. 그것이 자신의 생각에 영향을 미치도록 가만히 두는 것. 알고리즘은 우리

164

를 승인하고, 우리의 믿음을 유지시키고, 선택에 용기를 준다. 나는 친구들과 가족에게 전도하기 위해 기사와 게시물을 공유한다. 토론하지 않고 공유만 한다. 진화하지 않기 위해, 소통도 하지 않는다. 절대로 변화하지 않기 위해, 교환만 한다.

그런데 노력이라니…….

부검 감정서

날짜	2050년 6월 25일
장소	법의학 센터
검시관	노엘 박사

피해자 1번	미구엘 루아예뒤마
사인	두부 외상
설명	피해자 1번의 시신 외부 검사 결과, 머리에서 둔기에 의한 위중한 상처 발견. 외상 분석 결과 사망 원인은 강한 타격이 초래한 두개골 골절과 다발성 뇌 손상으로 보임.

피해자 2번	로즈 루아예뒤마
사인	질식
설명	피해자 2번의 시신 외부 검사 결과, 목과 손목 주변에서 피하출혈 발견. 시신 내부 검사 결과 호흡기 압박이 있음. 폐 울혈. 뇌에서도 산소 결핍 증후 발견.

영안실은 팍스톤 외곽의 거대 창고에 있었다. 올가와 달리 파블로는 오겠다고 고집을 부렸다.

그가 도착해서 내게 차가운 손으로 악수했다. 지난번 그리용에서 나를 맞이했던 푸근함은 없었다. 니코는 시신 옆에 머물렀다. 파블로가 그에게 고개를 까딱했고, 검시관이 시신이 든 자루를 열었다.

파블로가 아들의 얼굴을 말없이 오랫동안 바라보았다. 나는 눈을 돌렸다. 그는 그러지 않았다. 노엘 박사가 입관을 위해 시신 안장에 동의하는 서류에 서명해 달라고 요청하자, 그가 말했다.

"관이야말로 투명해야 할 단 한 가지일 거요."

미구엘은 내일 여기에서 가까운 허허벌판의 팍스톤 묘지에 아내와 함께 묻힐 것이다. 그리용 공동묘지는 자리도 부족할 뿐 아니라 동네 이미지가 그렇듯 관리가 허술하고, 파블로는 아들 부부를 떼어 놓고 싶지 않다.

"내 아들은 욕망을 버리고 유리병 속에 살았소. 나는 며느리를 원망했지. 이제는 그것도 다 부질없다고 느껴진다오."

파블로를 만난 후 처음으로 그가 울음을 참고 있다고 느꼈다. 그는 축 처진 어깨와 슬픔으로 무거워진 머리로 우리에게 차까지 따라와 달라고 부탁했다. 나는 종종 몇 살부터가 노인인지 자문해 왔는데, 어쩌면 자신의 가족 중 하나를 잃은 날부터일지도 모르겠다. 아주 젊어서도 노인이 될 수 있는 것이다. 아버지가 돌아가셨을 때, 나는 고작 열아홉이었다.

올해 나는 그가 나를 떠났을 때의 그의 나이를 넘어섰다.

그런 일 역시 준비되지 않은 채 찾아온다. 죽은 자들은 언제까지나 죽음을 맞이한 당시의 나이에 머물러 있다.

파블로가 차 트렁크 문을 열었다.

모든 도시에서 자동차는 이제 트램이나 수소차로 대체됐다.

그리용과 농촌의 일부 주민들만이 여전히 암시장에서 판매되는 휘발유 자동차를 쓴다. 니코가 차 주변을 한 바퀴 돌아본다.

가죽 서류 가방에서 파블로가 책 한 권을 꺼냈다. 파란색 표지의 책을 나는 바로 알아보았다. 2025년에 출간된 그의 아들의 시집이다. 《나직한 밤》.

"이 시집이 버려지지 않았으면 좋겠소. 내게는 소중한 것이라서."

그가 내게 책을 주었다. 내 의아함을 읽었는지 미처 묻기도 전에 대답했다.

"언젠가 내 집이 약탈당하고 버려졌을 때, 이 책이 모르는 자에게 가거나 혹은 최악의 경우, 누구의 손에도 들어가지 않게 되는 일이 없기를 바라오. 혹시라도 내가 없는 상황에서 밀로가 나타날 경우를 대비해 당신에게 맡기는 거요. 이 시집은 밀로를 위한 것이오."

부검 감정서가 발표되고 난 뒤, 매시간 TV에서는 소년을 찾는 방송이 송출되고 있었다. 인부들은 놀이터를 파헤쳤다. 자원봉사자들은 팍스톤 주변을 수색했고, 사복 차림의 특별 정찰대가 그리용 전역에 배치됐다. 별다른 효과는 없었다.

VIII

나직한 밤

집에 도착하자마자, 미구엘의 책을 펼쳤다. 거친 촉감의 나무 냄새가 났다. 누릇누릇해진 종이는 가을처럼 바스락거렸다. 페이지를 넘겨보다가 죽음을, 거의 살아 있는 망자를 마주쳤다. 시를 쓰는 사람은 절반만 죽는다, 라고 미구엘이 12페이지에 썼다. 미구엘이 그 안에 있다. 여기, 저기, 모든 단어 속에, 모든 구절 속에. 나는 그의 예민한 호흡과 음절의 조화와 문장의 파장을 느끼고, 펜과 목소리가 만들어 낸 리듬에 감동한다.

시집은 매우 짧았다. 어떤 구절에는 파블로일 것으로 짐작되는 누군가가 밑줄을 치고 주석을 달아 놓았다. 몇몇 페이지에는 귀퉁이를 접었던 듯 가벼운 흠집과 흔적이 남았다.

밀로는 아버지의 책 속에서 할아버지의 신호를 찾아낼 것이다. 그 생각을 하니 복받쳐 올랐다. 책의 여백에 그림을 그려 장식하던 엄마가 생각났다. 엄마는 살아 있지만, 내게 남긴 것은 그런 것들뿐이다.

살아 있으나 죽은 것이나 마찬가지인 존재도 있다.

26페이지에 있는 연애시가 시선을 끌었다. 빛나는 만남과 사소한 기쁨으로 모든 것이 가능했던 젊음의 시절을 쓰고 있다. 나도 그렇게 믿었었다.

다비드는 고등학생 때 만났다. 사랑은 뒤늦게 시작됐다. 그 시절 나는 그를 부잣집 도련님 스타일로 봤다. 비즈니스 스쿨에 가고, 더 나쁘게는 금융계로 빠지게 될 그런 부류. 그는 병원 행정직 엄마와 철학 교수 아버지 사이에서 태어난 나보다 부유한 집안 출신이었고, 나는 그 사실을 비방했다. 게다가 그는 쪽박귀 때문에 어린애 같아 보였다. 나는 나이 많은 남자들과 어울리는 게 더 좋았다. 미래 없는 관계가 덜 위험하게 느껴졌고, 무엇보다 어린 여자로서의 내 권력을 이해하고 있었다. 나는 순수하지도 순진하지도 않았다. 타인의 욕망을 만끽했다.

열여섯에는 오로지 권력에만 관심이 있었다. 사랑은 관심 밖이었다. 내게는 미래가 있었으니까. 다비드는 나를 지켜보았다. 나중에 그는 당시 내 행동이 혐오스러웠다고 말했다. 너는 즐기고 춤추는, 바람에 날리는 도깨비불 같았어. 머리 희끗희끗한 남자가 금요일 저녁마다 우리 학교 앞에서 너를 기다렸잖아. 먼저 와서 기다리다가 마치 우연인 것처럼 너를 보면서 놀라는 척을 했지. 네가 언제든 말도 없이 떠나 버릴 것을 알고 있으면서. 너는 아주 쉽게 떠나 버렸을 거야, 그게 당연한 순서였으니까.

다비드의 말이 맞았다. 나는 내 또래의 남자아이들은 몰랐다. 나를 불안하게 하는 모든 것을 무시했다. 2년 후, 동창회에서 다비드를 다시 만났을 때, 나는 다른 사람이었다. 더 이상 스스로를 옥죄지 않았다. 예상대로 다비드는 금융계 비즈니스 스쿨에 갔고 대기업 재무 데이터를 분석했지만, 호기심이 많았고 유쾌하고 정직했다. 쪽박귀도 그대로였지만, 다른 사람들과 구별되는 바로 그 점이 기억 속에 그의 이미지로 남았다. 내 사랑은 그 신체적 디테일에 온전히 담겼다. 나중에야 알게 됐다. 수술을 고려했을 만큼 그의 귀는 콤플렉스의 근원이었다는 걸.

우리는 사랑을 의식하지 않은 채 사랑했다. 미구엘의 시는, 그 젊음의 단어들은 내가 썼을 수도 있었다. 나는 말로 표현할 수 없는 고통과 끝없는 불안, 모든 게 정지될 것 같은 공포가 내 안에서 싹트는 것을 느끼고 있었다.

놀이

내 것이 아닌 다른 단어를 만들어야 해요.

나의 언어는 가난합니다, 이미 모든 것이 말해진 세상에서.

무엇도 약속하고 싶지 않아요, 이미 약속된 것이라면.

다시 찾고 싶어요, 언어가 빛나던 그 시대를,

팔을 휘둘러 균형을 찾던,

그리고 두 발을 모아 보이지 않는 원 속으로 뛰어들면,

집이 되기도 하고, 감옥이 되기도 하던.

그대에게 어린 시절을 드려요, 벌거벗은 그대로,

논리도 없고 목적도 없는 언어,

악당들이 그대를 속이고, 전능한 존재들이

비와 행복을 만들지요

올가, 나의 달콤한 올가,

고요함과 우리가 함께 나이 들어갈 휴식처와 풍족한 와인, 요리사 친구들과 걱정 없는 향기, 그리고 게임의 행운을 그대에게 보내오.

사랑은 게임이니까, 내가 지고 싶어지는

그대가 이길 수 있도록.

IX

책을 한 번 읽었다. 두 번째 읽으면서는 책장을 넘겨 날짜를 확인했다. 2025년. 나는 다비드와 올가의 비밀스러운 관계를 상상하다가, 니코가 창을 두드리는 소리에 놀라 정신을 차렸다. 니코는 다비드가 떠난 후로 거의 매일같이 우리 집에 오고 있다.

"독서 좀 하시나?"
그가 빈정댄다.

그에게 시집을 보여 주고 내 고민에 동참시킨다. 우선 로즈의 집에 올가의 이름이 서명된 그림이 있었다. 그리고 어떤 올가라는 인물에게 미구엘이 쓴 이 시들이 있다.

"너무 이상하지 않아? 로즈가 등장할 것 같은 상황마다 그 동생이 나타나는 게."

니코는 주저하지 않고 말한다. 그는 올가를 강하게 의심하고 있다.

"혼자서 어떻게 해냈을지까지는 모르겠지만, 그 여자는 자기 형부의 두개골을 깨고 언니를 질식시키고 아무도 모르게 놀이 터 구덩이에 파묻을 수도 있을 것 같은 여자야. 그 말은 곧 공범 도 있을 수 있다는 거고."

나는 이 시나리오가 선뜻 믿기지 않는다. 올가가 그렇게까지 할 이유는 없다.
"그 여자는 언니에게 빌붙어 살았어. 일하지 않았고. 그리고 로즈는 유일하게 남은 가족이자 속 이야기를 할 수 있는 상대 였고."
"올가가 루아에뒤마 부부의 집을 팔려고 내놓은 걸 잊었구 나. 밀로가 다시 나타나지 않으면, 그 돈은 다 그 여자가 갖게 되지. 게다가 확인해 봤더니 이 사건 이후로 미술시장에서 로즈 의 작품 가치가 세 배 이상 올랐던데? 올가는 내일도 계속 조사 해 볼 생각이야. 그동안은 계획대로 하자. 너는 밀로가 다니던 학교로 가. 그게 제일 급하니까. 그리고 내일 오후에 장례식에서 만나는 거 어때?"

나는 고개를 끄덕인다. 니코가 볼 키스로 인사를 하고 떠났
다. 평소보다 힘이 들어간 입맞춤이었다.

X

바람이 들어오도록 창문과 지붕을 열었다. 찬물로 샤워도 했다. 도시는 지친 듯이 잠들어 있다. 나는 이웃들이 비상식적인 의심을 뒤로 남겨 두고 잠든 이 해방의 시간이 좋다. 이불에 덮여 반쯤 벌거벗은 그들은 연약해 보인다. 야생에서 그들은 가장 쉬운 사냥감이 될 것이다. 한 차례 알람에도 그들은 깨어나리라. 창밖으로 인간의 야만을 구경하면서, 부부싸움이나 누군가 체포당하는 지극히 하찮은 남의 일을 궁금해하면서. 하지만 대부분 그들은 깊게 잠들어 있다. 그들은 안다. 저 멀리 누군가의 눈이, 나의, 정찰대의, 보렐네 개의, 이웃들의, 혹은 나처럼 잠들지 못하는 미아의 시선이 비밀스럽게 그들을 지키고 있음을. 미아는 너무 나이가 들어서, 나는 이제 막 10년의 잠에서 깨어났으므로 잠을 잘 수 없다.

허브티를 한 잔 만들었다. 허브티 포장에 편안한 밤이라고 쓰여 있다. 캐모마일, 보리수, 레몬 버베나가 주방을 향기롭게 한다. 테사는 이런 종류의 차를 마실 필요가 없다. 엎드려서 머리를 한쪽으로 댄 채 입을 벌리고 자고 있다. 침대에서 빠져나온 팔은 허공에 매달려 있고, 부드럽게 숨을 쉰다. 나는 테사가 어린 시절 그랬듯 가만히 옆에 누워 등을 쓰다듬었다.

피곤이 서서히 밀려드는데, 창 너머 길에서 어떤 형상 하나가 보였다. 헤드라이트가 꺼진 검은색 오토바이가 천천히 우리 집을 향해 다가오고 있었다. 규정에 어긋나는 헬멧 때문에 운전자의 얼굴을 알아볼 수 없었다. 그가 시동을 껐다. 내가 몸을 일으켰다.

오토바이가 다시 시동을 켜고 밤 속으로 사라졌다.

더 이상 성역은 없다. 팍스톤 가장자리의 장 누벨 초등학교에 도착했을 때 든 생각이다. 학교 건물은 마치 열차의 객실처럼 일렬로 배치된 교실을 품고 길게 뻗어 있었다. 가족들이 와서 아이들을 지켜보고, 또 들을 수 있도록, 투명한 외벽에 음향 처리도 되어 있다. 감독관들은 사전 허가를 구할 필요 없이 불시에 아무 때고 방문한다. 어디에나 지켜보는 시선이 있음을 아는 학생들은 항시 긴장하고 있다.

밀로의 담임선생님이 쉬는 시간에 나를 맞이했다. 그는 거의 일흔에 가까워 보였다. 커다란 티셔츠에 조거팬츠를 입고 하얗게 센 수염을 말끔하게 관리한 모습이 마치 운동화를 신은 빅토르 위고 같았다. 그룹 활동을 위해 교실 책상은 군데군데 섬 모양으로 배치돼 있었다. 학생들은 쿠션 의자에 앉을 수도 있고, 움직이는 공 위에 앉을 수도 있으며, 원하는 대로 자리를 옮겨 다닐 수도, 하루의 언제든 폼매트 위에 누울 수도 있다. 그럼에도 실내외를 막론하고 어떤 소리도 들리지 않았다. 그저 교사의 목소리만 통로에 울려 퍼졌다.

"내가 젊은 교사였을 때는 말이죠, 아이들이 떠든다고 불평했어요. 지금은 아이들이 말하지 않는다고 불평하죠. 어딜 가나 이렇게 침묵이 흐르니까요."

나는 운동장에서 레이저펜을 목에 걸고 있는 필로멘의 아들 아르튀르를 발견했다. 아이는 스마트폰을 보느라 고개를 숙이고 있었다. 초등학교 4학년 학생들은 서로 곁에 붙어 서서 말이 없다. 각자 스마트폰 화면에 정신을 빼앗긴 채 온라인게임을 하고, 가상의 세계로 들어가 영웅으로 변신한다. 아이들의 영혼은 온전히 다른 세상에 바쳐진다. 종소리가 울리면, 영혼 없는 몸들은 다시 교실로 돌아가 접속을 끊고 자리에 앉는다. 6월의 더위는 이들의 무기력함을 덜어 주지 못한다.

담임선생님이 나를 교실에서 먼 곳으로 이끌었다.

180

"단서가 없나 봅니다."

그늘에 있는 벤치에 앉으며 그가 물었다.

"밀로는 제게 수수께끼였지요. 같은 반 친구들에게도 그랬고요. 아이가 달랐다고 말하고 싶지는 않습니다. 저는 그 표현을 싫어해요. 다만, 좀 구별됐달까요. 밀로는 온종일 유리 벽 너머를 바라보았어요. 새에 대한 호기심이 많았고요. 복도 끝 죽은 나무 위에 앉는 몇 안 되는 새들이요. 그 사건에 대해서는 들으셨겠죠."

사건이라니. 나는 조심스럽다. 몇 년 전부터 학생들은 시험을 볼 때도 부정행위는 생각조차 하지 않는다. 엉뚱한 생각을 하는 것도 흔치 않다. 어떤 사건이 발생하려면, 두 개의 요소가 필요하다. 자유와 권태. 두 가지 모두 현재는 품절된 상품이다.

"아니요, 아니에요, 전혀 들은 바 없습니다."

내가 대답했다. 그가 생각을 정리하느라 시간을 들이는 통에, 내 상상력이 날개를 폈다. 초등학교 시절의, 겉보기에는 얌전했던 작은 소녀 시절로 돌아간다. 그때의 나는, 지금은 안타깝게도 사라진 기술인 성적표 위조에 탁월한 재능이 있었다. 초등학생인 나는 0점을 과장된 9점 혹은 통통한 6점으로 바꾸었다. 불리한 평가가 쓰여 있으면, 부사를 삽입해서 허술한 문장을 만들었다. "엘렌은 안 산만한 학생입니다" 같은. 내 생각은 간단했다. 엄마가 나의 조작을 눈치채면 끝이지만, 내 진짜 성적을 알게 되는 것보다는 낫다. 엄마가 아무것도 모르고 지나가면 나는 산다. 심지어 이마에 입맞춤까지 상으로 받고 행복해질 수도 있다. 이 조작은 나만의 '파스칼의 내기' 같은 것으로, 이겨도, 이기지 못해도 지지는 않으니 이득이었다. 때로는 아드레날린 분비를 위해 커닝페이퍼를 준비하기도 했다. 기발한 방식을 고민하느라 잠을 잘 수 없었고, 상상을 하며 미리 식은땀을 흘리기도 했다. 들켜서 수치심에 양 볼로 솟구치는 피를 느끼고, 심장이 터질 듯이 뛰고, 황급하게 핑곗거리를 찾아 엄마가 시켰다고 하는 상상. 뭐 어떤가. 당연히 엄마가 무서웠지만, 어떤 어린이가 그 상황에서 감히 진실을 말하겠는가. 그냥 속이고 싶어서 속였어요, 살아 있음을 느끼고 싶어서. 수업 내용은 잘 배웠으니까, 자, 확인해 보셔도 돼요, 라고. 사실 대체로 나는 수업 내용을 잘 이해하고 있었다. 커닝페이퍼를 만들려면, 그러니까 수업 내용을 이해하고 요약하려면 다른 아이들보다 훨씬 더 노력해야 했으니까. 다른 아이들은 그 정교한 작업에 필요한 만큼의 시간과 노력을 들일 수 없었을 것이다. 감히 비교하자면, 나는 보석세공사 같았달까.

담임선생님이 나를 현실로 데려왔다.

"월요일 오전 쉬는 시간이었어요. 아이들이 유리 지붕 아래에서 다친 티티새를 발견했는데, 다들 거기에 사로잡혀서 스마트폰도 다 던져 버릴 정도였지요. 아이들은 새를 잡아서 치료해 주려고 했고, 당황한 새가 움직이다가 날아가는 데 성공했는데, 그만 유리 벽에 부딪혔죠. 완전히 기절한 채로 땅에 떨어졌어요. 밀로가 다가가 몇 초 가만히 보더니 손가락 끝으로 쓰다듬고는 목을 비틀어 버리더군요. 그 장면에 반 아이들이 충격을 받았고, 밀로를 쫓아내 달라며 수업을 거부했어요. 밀로는 설명하려고 애썼지요. 숨이 끊어지지 않은 채 죽어 가는 동물의 고통을 줄여 주고 싶었다고요. 하지만 상황은 이미 안 좋은 쪽으로 흘러, 아이가 새의 목을 비튼 폭력성이 학부모들의 귀에 들어갔고, 그들은 그날 저녁 바로 교장에게 조치를 요구했습니다."

"그래서 어떻게 됐나요?"

"밀로가 사람들 앞에서 여러 번 사과했어요. 일주일간 방과 후 교실 청소도 받아들였죠. 퇴학당하지 않기 위해서요. 교장이 폭력에 대해서는 엄격했거든요."

생각하면 우스운 말이다.

"이미 그 사건 전에도 밀로는 별로 인기가 없었지만, 더욱 악화했죠. 반 아이들은 밀로를 '파리채', '살인자' 같은 별명으로 부르기 시작했고요."

"그 일이 일어난 게 언제죠?"

"학기 초였으니까, 9월 중순이었던 것 같네요. 이후 몇 주 동안 밀로는 마음을 닫고 창밖을 바라보지도 않았어요. 꼿꼿이 앉아서 하루가 끝나기만을 기다리는 것 같았어요. 잃어버린 포인트를 만회할 수 없었고요."

"포인트요?"

"아, 미안해요. 이 학교는 포인트 제도를 도입해 운영하고 있어요. 모든 학생은 학기 초에 10포인트를 받습니다. 퀴즈 시험, 참여도, 태도 평가에서 포인트를 더 받을 수 있고요. 밀로는 새 사건으로 2포인트를 잃었지요. 밀로의 부모님과도 이야기를 나눴어요. 아이가 교내 심리상담을 일주일에 한 번이 아니고 두 번 정도로 조금 더 자주 받고, 또 목요일 저녁마다 열리는 요가반에도 참여하면 좋을 것 같다고 말씀드렸죠. 그보다는 학교를 바꿀 생각입니다 같은 말을 아이 아버지가 하시더군요. 무척 화를 내고 돌아가셨어요. 대화를 제대로 해 볼 수 없었습니다."

"그게 언제인가요? 아이 부모를 만나셨던 게?"

"잠시만요, 그게…… 11월 16일 오후 5시였어요."

그가 스마트폰 일정표를 보며 말했다.

"그다음 날 밀로가 학교에 왔지요. 생생하게 기억합니다. 그게 아이를 본 마지막 날이거든요."

나는 나디르와 빅토르의 증언을 떠올렸다. 두 사람 다 실종 전날 밤의 폭력적인 말다툼을 이야기했었다. 이제 명확해졌다. 미구엘은 아들을 위해 팍스톤을 떠나려 했을 것이다.

"밀로가 심리상담을 받았다고 하셨죠? 상담 선생님을 뵐 수 있을까요?"

"그럼요, 밀로가 1학년일 때부터 상담을 봐 주신 분이에요.

아이 엄마가 팍스톤 학교에 남기를 원했던 건 그 선생님 때문
이었죠. 밀로가 조엘 르브라 선생님을 무척 따랐거든요."

XII

조엘 르브라

티베트 명상 종소리가 울려 퍼진다.

장 누벨 학교는 오후 시간을 웰빙과 대체의학에 할애한다. 벽면들이 누에고치 모양 혹은 물방울 모양으로 바뀌었다. 긴장을 푸세요, 더 집중할 수 있습니다. 파스텔 톤의 디지털 스크린이 약속한다. 자신을 더 알아 가세요. 긍정적인 사고를 연습하세요. 초등학생들은 자기 몸을 중심에 두고 존중하도록 요구받는다. 한편에서 한 무리의 아이들이 램프를 응시하며 광선 테라피를 받는 동안, 다른 쪽에서는 여행자용 안대로 눈을 가린 아이들이 명상을 하고 있다. 30포인트를 득점한 학생들에게는 하루 한 잔 신선한 음료라는 명목으로 유기농 과일주스가 무료 제공된다. "분출구"라는 이름의, 방음 처리된 물방울 모양 공간에서는 소리치고 울부짖는 것이 허용된다. 부정적인 감정을 배출하세요, 라고 쓰여 있다.

"미친 사람들의 집에 온 것을 환영합니다!"

에너지 넘치는 목소리가 들려왔다.

"저와 함께 가시겠어요?"

조엘은 내 나이 정도, 그러니까 쉰은 족히 넘어 보이는, 탄력 있는 웨이브의 빨간 머리에 키가 작고 통통한 여자였다. 웃을 때면 통통한 볼에 보조개가 깊이 파여 어린아이와 같은 생기가 흘렀다. 빨간 원피스에 거친 나무로 만든 진주 모양 목걸이를 하고 있었다. 조엘은 단순해 보이지만 무서울 정도의 명철함이 있는 사람이었다. "이 행복의 나라에서만큼 할 일이 많았던 적이 없어요" 같은 말을 자연스럽게 했다.

우리는 건물의 서쪽 끝에 있는 방음 처리가 된 그녀의 방으로 함께 걸었다. 방 안에는 책상과 의자 두 개, 커다란 공기청정기가 있었고, 그게 다였다. 쿠션과 푹신한 담요가 있고 향이 피어오르는 누에고치 집을 상상했는데, 예상치 못한 미니멀리즘이었다. 심리상담가의 공간—문에 그렇게 쓰여 있었다—은 별다른 장식도 꾸밈도 없는 아주 작은 방이었다.

"생각이 멀리 확장되려면 시선을 잡아끄는 곳이 없어야 합니다."

그녀가 설명했다.

나는 녹음 준비를 마치고 자기소개를 부탁했다.

"조엘 르브라, 쉰이 넘었고요, 많이 넘었고요, 실은 예순이 얼마 남지 않았어요. 심리학자입니다. 결혼한 적은 없어요. 제 선택이었고요. 하지만 딸이 하나 있어요. 결혼했죠. 바보 같은 놈하고. 결혼하셨나요?"

재미있는 지적이었다. 나 또한 내 딸 세대의 아이들이 왜 그렇게 결혼에 집착하는지 이해할 수가 없다. 게다가 페미니스트라면서 하얀 드레스를 입고서 순결한 처녀로 자신을 내보이는 일이, 내게는 모순으로 보였다. 그런 규모의 행사가 가지고 있는, 쇼윈도인 동시에 복제품이 되어 버리는 마케팅적 차원은 말할 것도 없고. 결혼식 신부들만큼 서로 닮아 있는 것이 또 있을까. 무지했던 나 또한 그렇게 휩쓸렸다. 만약 다시 하게 된다면, 나는 베이지색 드레스와 친구들로 가득한 식당과 부르고뉴의 달팽이 요리와 버섯파이, 쏟아지는 햇살과 달걀 거품 장식을 가득 얹은 디저트를 선택하겠다. 조엘 르브라와 이런 대화를 하고 싶어 근질근질하지만, 시간이 없다. 수사로 돌아갔다.

"밀로에 관해 이야기해 주실 수 있나요? 사진으로만 봐서 성격은 어떤지, 어떤 아이인지 잘 모르겠더라고요."

조엘 르브라는 장난기를 섞어 말했다.

"그럼요, 말해 드릴 수 있죠. 그런데 정확히 뭘 알고 싶으실까요? 무슨 이야기를 듣고 싶으세요? 제가 생각하는 것? 아니면 제가 말해야 하는 것?"

"원하시는 대로요. 어차피 확인할 수도 없으니까요."

"예리하시네요. 그럼 첫 번째 옵션을 선택하겠습니다. 규정 같은 건 싫증이 나서요. 이렇게 말씀드릴 수 있어요. 팍스톤의 아이들은 완벽합니다. 끔찍할 만큼 완벽해요. 단정 짓고, 완수하고, 경직됐다는 점에서, 완벽만큼 범죄적인 것도 없어요. 자신감에 차서 세상을 선과 악이 선명하게 표시된 바둑판처럼 보는 초등학생들을 저는 매일 만나요. 아이들의 세계에 의심과 불확실성, 모호함은 없어요. 저는 그들의 도덕적 엄격함이 두렵습니다."

조엘은 일어나 물 한 잔을 따라 마시고, 다시 돌아와 앉으면서 내 앞에도 한 잔을 놓아 주었다.

"제가 이런 말씀을 드리는 이유는, 이런 환경에 밀로가 어울리지 못했기 때문입니다. 그 새 이야기는 들으셨겠죠. 아이가 가진 공감 능력과 폭력성을 둘 다 보여 주는 행동이었죠. 만약 학교가 체스 게임판이라면, 밀로는 검은색 공간과 흰색 공간 그 어느 쪽에도 서지 못했을 겁니다. 아이는 아버지와 숲에서 많은 시간을 보냈고, 여기에서는 적응하지 못하고 불행해했어요. 아이에게 이곳은 게임의 영역이 아니었다고 할 수 있겠네요. 그래서 도망쳤어요. 반복해서요. 경비원이 그리용 쪽으로 혼자 걷고 있는 아이를 여러 번 발견했죠. 반 아이들은 밀로의 자유로움을 좋아하지 않았어요. 그런 면을 창피하게 여겼죠. 방과 후 저녁에 밀로가 교실을 청소할 때, 아이들이 일부러 음료수를 쏟거나 책상 아래에 음식을 밟아 놓기도 했어요. 밀로가 무슨 짓을 한 건지 직접 알려 주겠다면서요."

"밀로에게 친구가 없었나요?"

"없었어요, 거의."

조엘이 정정했다.

"아, 있었어요. 하지만 그걸 말씀드리면 아이가 저를 원망할 거예요."

"아이를 찾는 데 도움이 된다면 원망하지 않을 것 같은데요."

조엘은 잠시 고민하다가 비밀스럽게 목소리를 낮추며 말했다.

"밀로는 피셸이라는 이름의 여자친구를 만들어 냈어요."

"1학년 담임선생님이 쉬는 시간에 밀로가 혼자 말하고 웃고 있는 걸 보고 저에게 상담을 보내셨거든요. 아이에게 정신병이 있다고 확신하고서요. 아이의 부모를 제외하고는 피셸의 존재를 아무도 몰랐습니다. 최근까지도 아이는 피셸이 있어야 안심했어요. 피셸을 손목에 감고 다니거나 주무르면서 잠들고, 대부분 시간에는 주머니에 숨겨 두고 지냈죠. 피셸은 신발 끈들을 매듭지어서 만들거든요. 필요할 때 새 신발 끈을 찾기만 하면 언제든 친구를 불러낼 수 있는 거죠."

"그건 일종의 상상 친구 같은 거군요. 제가 잘 이해했나요?"

"정확합니다. 그 나이에는 놀라운 일이 아니죠. 아니, 아주 흔한 일이에요. 최근 몇 년 동안 아이들 사이에서 이런 종류의 상징적인 놀이가 증가하고 있다고 확인한 심리학자들이 많아요. 자기만의 세계, 내밀한 영역을 구축하려는 욕구죠."

조엘은 서랍에서 밀로와의 상담 약속이 기록된 다이어리를 꺼냈다.

　"마지막으로 한 가지 말씀드릴 게 있어요. 실종 전 3주 동안 밀로가 상담 약속에 오지 않았어요. 잘못을 부각해 포인트를 더 잃게 하고 싶지 않아서 결석 처리는 안 했고요. 이건 따로 말씀 드리는 거예요."

XIII

화창한 여름 오후의 끝. 열기 속에서 공기는 황토색 입자로 둔
탁하고, 하늘은 태양의 무게에 휘어지는 듯하다. 묘지는 커다란
철제문에서 몇 걸음 뒤에 있다. 니코는 흰색 셔츠에 허리에 주
름이 잡힌 회색 바지를 입고 선글라스를 썼다. 로즈와 미구엘의
장례식이다.

우리는 가뭄에 갈라진 흙길을 따라 걷는다. 오래된 밤나무
옆, 식은 아직 시작되지 않았다. 관리인이 길을 가로막았다.

"가족이신가요?"

"경찰입니다."

내가 대답한다.

"안전관리인, 말씀이죠?"

내가 실랑이할 수 없도록 니코가 칼을 뽑았다.

"그래요, 안전관리인. 이게 내 배지고, 여기는 내 동료예요."

장례식은 가까운 사람들만 모여 치를 예정이었지만, 동네 이웃들이 전원 참석했다. 카티마저도 끼어드는 데 성공했다. 카티는 빅토르의 딸 살로메와 대화 중이다. 살로메는 열두 살이지만, 곧 열여섯 살이 되는 카티만큼 키가 크다. 올가가 어두운 색 옷을 입지 말라고 당부했었지만, 카티와 살로메 모두 검은색 옷을 입었다. 둘 중 누가 더 무서운지 모르겠다. 카티는 드라큘라 장르의 얼음장 같은 갈색 머리 소녀고, 살로메는 영화 〈캐리〉의 주인공 역도 따낼 것 같은 모습이다. 브라이언 드 팔마 영화의 공포스러운 여주인공이 떠오르는 이유는 살로메의 창백한 피부와 베네치아 스타일의 금발 머리 때문일까, 아니면 눈빛에서 느껴지는 무엇인지 알 수 없는 광기 때문일까. 모르겠다.

"너 여기서 뭐하니?"

카티에게 물었다.

"남친 따라왔어요."

베이지색 반바지를 입은 젊은 꽃미남을 손가락으로 가리키며 카티가 말했다.

"남자친구?"

내가 눈치가 빠르다는 걸 아는 카티가 이렇게 덧붙인다.

"네, 애인이요."

필로멘이 와서 인사를 했다. 늘 그렇듯 우아하다. 손톱 끝까지 관리된 모습. 핑크색 펜슬스커트는 허리선을 따라 완벽하게 떨어지고, 꽃무늬 자수가 놓인 흰색 블라우스의 어깨선과 그녀 자신도 완벽하게 어우러진다. 아들 아르튀르는 상태가 좋아 보이지 않는다. 조금 거리를 두고 밤나무 가까이에 앉아 있다. 빅토르와 이야기 나누던 조안이 아르튀르를 위로하려 한다. 대화를 중단하고 무릎을 꿇고 앉아 아이에게 사탕을 건넨다. 딸 니농이 사탕을 보고 달려갔다.

파스텔 톤의 노란색 원피스를 입고 파블로를 포옹하는 루가 보인다. 나디르는 루를 못 본 척하지만, 눈길을 떼지 못한다. 루는 나디르로부터 최대한 멀리 앉는다.

관이 도착하자, 올가가 서두른다. 아들 미구엘의 관을 사람들과 함께 옮기고 있는 파블로처럼, 올가도 언니의 관을 옮기는 데 손을 보태려는 것이다. 서정적이고 우수에 젖은 슈베르트의 〈백조의 노래〉가 행렬과 함께 울려 퍼진다. 로즈가 가장 좋아하던 곡이다. 이제 장례식이 시작된다. 파블로가 절제하며 발언하는 반면, 올가는 감정을 억누르지 못한다.

"저는 모든 것을 잃었어요. 미친 운전자의 자동차에 치여 남

194

동생이 죽었고, 그로부터 얼마 지나지 않아 아버지가 병에 걸려 돌아가셨습니다. 어머니는 슬퍼하다가 돌아가셨죠. 사랑하는 언니, 로즈만이 제게 남아 있었어요. 그런데 언니마저 빼앗겼네요. 바라보기만 했던 여러분은 언니를 모릅니다. 수면의 물결만을 보신 거예요."

나는 사람들을 관찰한다. 루는 누구에게도 인사하지 않았다. 손을 꼬집고 있는 모습이 무척 불편해 보인다. 필로멘은 흐트러지지 않는다. 너무하다 싶을 만큼. 빅토르와 눈이 마주쳤다. 그역시 좌중을 주의 깊게 살피고 있다. 올가의 말이 길어지자 아르튀르가 몸을 비튼다. 이 아이는 같은 반이었던 밀로와 친하지 않았지만, 밀로 부모의 시체가 발견된 것은 동네 사람 모두에게 충격이었다. 며칠 전부터 동네에 보안이 강화됐고, 팍스톤 주변으로 안전관리인이 추가 배치됐다. 주민 정찰대도 여러 팀이 매일 교대로 근무하며 주민들을 안심시키기 위해 이전보다 순찰 횟수를 늘렸다. 그럼에도 아이들은 집 근처에 살인범이 맴돌고 있다는 상상으로 공포에 떨고 있다.

올가의 추도사가 끝났을 때, 아르튀르가 쓰러졌다. 사람들이 황급히 아이에게 뛰어갔다.

"물을 마시게 하고, 그늘로 옮겨요."

필로멘이 조안을 보는데 눈빛에 분노가 가득하다.

"얘기했잖아, 아이들 데려오지 말자고!"

아르튀르가 빠르게 의식을 되찾았다. 간호사 시절에 몸에 밴 익숙함으로, 올가는 혈압을 올리기 위해 아이의 다리를 높이 든 다. 빅토르가 마이크를 잡았다.

"한 시간 후에 저희 집에서 다과회가 있을 예정입니다. 원하 시는 분들은 오세요. 이렇게 헤어질 수는 없으니까요. 물론, 여 러분 모두 환영입니다."

파블로는 별말 없이 그저 집에 데려다 달라고 부탁했다. 이 미 충분히 봤다는 듯이.

XIV

빅토르는 몰디브 난민들을 파트타임으로 고용해 요리와 집안일을 맡겼다. 최근 몇 년 동안 해수면 상승으로 유럽으로 이주한 기후난민이 많았다. 몰디브인들은 노동시장에서 인기를 끌었고, 게다가 임금도 저렴했다.

"아난은 정말 최고예요. 필리핀 가정부보다도 훨씬 입이 무겁답니다."

흰 앞치마를 두른 젊은 여성이 미니 당근, 검은 무, 향기로운 소금으로 간을 한 멜론 조각, 바삭한 채소 칩, 유리컵 카레, 사과 사탕 스타일의 참깨 소스 방울토마토가 놓인 쟁반을 들고 손님들 사이를 지나 다녔다. 필로멘이 두 손을 기도하듯 모아 그녀에게 감사 인사를 했다. "맛있어 보여요, 고마워요, 아난."

빅토르가 샴페인 병을 땄다. 필로멘, 조안, 루, 나디르, 올가, 니코 그리고 나를 포함한 손님들에게 샴페인을 따라 준다. 살로메와 카티는 서로에게서 떨어질 새 없이 유리 스크린으로 영상을 보고 있다. 놀랍게도 모두가 집에 들어오면서 신발을 벗었다. 나디르가 발을 구르며 말했다.

"발 아래에 타일이 냉각되어 있어서 엄청 시원하네요. 여기서는 더워서 고생할 일은 없겠어요."

"그게 끝이 아닙니다."

빅토르가 탁자 아래 숨겨진 버튼을 눌렀다. 지붕이 접히고 유리 스크린을 포함한 내부 벽이 바닥으로 가라앉으면서 이 큐브형 집의 외부 벽 네 개가 꽃부리 모양으로 열렸다.

"실내에 있으면서 동시에 실외에 있을 수 있는 방법이죠."

그가 신이 난 듯 말했다.

그리고 두 번째 버튼을 누르니 사람들이 놀라는 가운데 큐브가 다시 닫혔다.

"이 아름다운 광경을 앞에 두고 저는 갑니다."

루는 저녁 내내 한마디도 하지 않은 상태였다. 내가 따라 나갔다.

"이사한 후로는 잘 지내고 있어요?"

"네, 팍스톤을 떠난 게 너무 좋네요. 이 칵테일 파티 기괴해

198

요. 내가 도대체 왜 여길 다시 왔는지."

"나디르는요? 힘들게 헤어진 것 같던데요."

"아니에요, 아주 쉬웠어요. 죄송한데, 저 진짜 가야겠어요."

빅토르가 사람들에게 서쪽으로 고개를 돌려 일몰을 보라고 권했다. 아르튀르가 쓰러진 이후부터 팔이 아프다고 자기 아버지에게 칭얼댄다. "팔이 당겨요." 올가가 나서서 아이가 셔츠 벗는 것을 도와준다. "그냥 살짝 긁힌 거야. 잠깐 있어 봐, 내가 도와줄게."

올가는 중앙에 놓인 가구 앞에 무릎을 꿇더니 맨 아래 서랍을 열고는, 밴드를 붙이기 전 상처를 소독할 로션을 꺼냈다. "자, 됐다, 내 강아지, 이제 안 아플 거야."

자리를 뜨면서, 문득 니코가 느꼈는지 알고 싶어졌다. 내가 방금 본 장면에 대해 어떻게 생각하는지.

"이해가 안 되네."

그가 대답했다.

"뭔가를 찾아야 할 때 말이야, 자기 집이 아니면 보통 가까이 있는 서랍부터 열지 않나? 올가는 그 소독약 로션이 어디에 있는지 정확히 알고 있었어. 단 1초도 망설이지 않았거든."

"거의 본능적인 움직임이었어, 맞아."

"이 집에 대해 아주 잘 알고 있는 거야. 루가 올가에 대해서

했던 말 기억나? 올가가 빅토르 집에 자주 왔다 갔다가 하는 게 이상하다고 했었잖아."

니코가 샤로에서 가장 괜찮은 이탈리안 식당에서 저녁을 먹자고 제안했다. "식사하면서 학교에 갔던 얘기해 줘."

그러자고 했다. 오늘은 토요일 저녁이고, 토요일에 테사는 카티의 집에서 잔다. 게다가 오늘 특별히 할 일도 없다. 사실 니코에게 거짓말을 한 적도 있었다. 오늘은 약속이 있어서 어렵겠네라고 하고 집에 있었다. 당연히 눈치챘을 것이다. 내가 아이스크림 통을 안고 소파에 늘어져 있는 것을 봤을 테지만, 한 번도 이야기한 적은 없었다. 니코와 나 사이에는, 암묵적인 우정의 협약이 있다. 각자 자신의 사생활에 대해 거짓말할 권리를 보장하고, 나아가 '척'하는 것도 허용한다는 암묵적인 동의.

XV

6월 27일과 28일 사이 밤, 사무실에서 걸려 온 한 통의 전화에 잠이 깼다. 테사와 카티가 그리용에서 돌아오다가 마리화나 소지 혐의로 체포됐다는 소식이었다. 동료인 이드리스가 사건이 커지는 것을 막기 위해 내게 먼저 연락을 주었다. 부아롱에게 말하지 않을 테니, 아이들을 찾으러 오라고 했다.

몇 해 전이었다면 이 소식을 듣고 격렬하게 분노했을 것이다. 사무실에 도착하자마자 테사에게 그런 친구는 다시는 만나지 말라고 경고하고, 세 달간 외출 금지령을 내리고도 모자라 어쩌면 뺨까지 때렸을 수도 있다. 나는 여전히 공격성에서 자유롭지 않으니까. 그러고는 바로 후회했겠지만 이미 늦었을 거고,

테사는 내게 복수하기 위해 아동보호국에 나를 고발하고 제 아빠와 루이즈의 집으로 이사할 것이다. 굉장하고 개방적인 루이즈의 집으로.

오늘의 나는 그럴 생각이 없다. 오히려 안심까지 된다. 내 딸이 그저 핫팬츠를 입고 애교나 떠는 소녀가 아니라는 사실이. 무엇보다 왜 카티와 딸이 죽이 잘 맞는지 이제 알 것 같다. 둘은 비슷한 재질로 만들어졌다. 물론 나는 동료 앞에서는 내 잘못임을 통감하는 표정을 짓고, 아이들 앞에서는 엄한 표정을 지을 것이다. 하지만 속으로는 이 한심한 짓을 희망으로 여긴다. 청소년들이 계속해서 규칙을 어긴다면, 아주 소수라도 몇몇은 반항을 계속한다면, 우리에게 희망은 있다. 조엘 르브라가 말했던 끔찍한 완벽을 피할 수 있다.

카티와 테사는 그리용에 다시는 가지 않겠다고 맹세했다. 그곳에 간 이유는, 아이들의 설명에 따르면, 어떤 감시도 없는 공간을 발견했기 때문이었다. 투명한 통창보다 벽 뒤의 비밀스러움에서 더 피어날 나이다. 벽은 위협적입니다. 빅토르 주아네가 자신만만하게 말했었다. 바로 그 점에 아이들은 흥분했다. 테사의 말에 따르면, 그리용에서는 이런 불법 파티가 정기적으로 열린다. 사실은 매주 토요일 저녁마다 열리지만, 내가 가기 시작한 건 6개월 전부터야. 벤탐의 청소년들은 조직적으로 음료와 음향기기 화물을 운반했고, 나머지는 현장에서 공수했다. 마리화나뿐이에요, 다른 건 없었다고 맹세해요. 아이들이 강조했다. 그들은 들키지 않기 위해, 매번 다른 빈집에서 만나기로 정했는데, 보통은 새벽까지 놀 수 있는 버려진 빌라였다. 수년 동안 사생활이 없었던 젊은이들이 벽에 둘러싸였을 때 어떻게 놀았을지 감히 상상도 할 수 없다. 주소는 파티 당일에서야 받을 수 있고, 혹시 모를 사태를 대비해 주변 거리에서 몇몇 아이들이 순찰을 돌았다. 그리고 어젯밤 이 두 아이는 그리용에서 나오다가 덜미를 잡혔다. 이곳에 대한 익명의 제보를 접수한 안전관리인들이 아이들이 벤탐에 도착하기를 기다렸다가 체포했다. 이 둘은 잡힌 아이들 중 일부였다.

카티와 개인적으로 대화하기 위해 딸을 방에서 내보냈다.

"그래서 네 애인은 밤에 같이 있지 않았니?"

카티는 농담할 기분이 아니었다.

"우리 부모님한테 얘기하실 거예요?"

"당연하지."

카티의 예민한 부분은 그 애 아버지다. 카티의 부모는 이혼했는데, 카티의 어머니는 대체로 관대하지만, 아버지는 딸을 거침없이 혼내는 타입이다. 그는 아이가 하지도 않은 마약을 끊게 한다며 아이를 재활센터에까지 보낼 수 있는 사람이다.

"부모님한테 말하지 않는 대신 너에게 제안을 하나 할 수도 있어."

카티의 얼굴에 화색이 돈다. 내가 설명했다.

"내 수사를 도울 준비가 됐다고 했었지? 기회를 줄게. 내 계획을 잘 들어 봐. 올가가 건축가 빅토르의 집에 자주 드나드는 것 같은데, 그 두 사람이 친해 보이지는 않거든. 오히려 나는 그 반대로 느꼈고. 그래서 말인데, 네가 빅토르의 딸 살로메 주변에서 정보를 수집해서 내게 말해 주면 좋겠어. 살로메랑 시간을 좀 보내면서 말이야. 정리하면, 우리에게 정보를 좀 달라는 말이지."

"지금 나보고 그 어린애를 조종하고 엿들으라는 말이에요, 진짜?"

"바로 그거야."

"하지만 그건 불법이잖아요."

"맞아. 마리화나 소지처럼."

카티가 받아들였고, 내가 몇 가지 규칙을 만들었다. 첫째, 아무에게도 말하지 말 것. 특히 조금 전부터 창으로 우리를 관찰하고 있는 테사에게는 더더욱.

"테사는 당연히 우리가 무슨 얘기를 했는지 알아내려고 할 거야. 그러니까 지금부터 그럴듯한 거짓말을 하나 만들어 놓도록 해. 두 번째 규칙은 비밀스럽게 움직여야 한다는 거야. 물론 누구도 수사에 청소년이 가담했다고 의심하지는 않을 거야. 다만, 혹시라도 누군가 이 사실을 알게 되면, 나는 정직을 받을 거고, 너희 아버지는 어떤 연유로 네가 이 일에 얽혔는지 알게 되시겠지. 너와 나 누구도 바라지 않는 일이 벌어지는 거야, 안 그래? 세 번째 마지막 규칙은, 만에 하나 그래도 네가 발각된다면, 그때 우리는 서로를 모르는 거야. 그게 유일하게 서로를 보호할 방법이야."

"어떻게 연락을 드리면 돼요? 내 스마트폰은 전화 통화 옵션이 없는데."

카티의 스마트폰은 테사의 것처럼 인터넷 접속만 가능하다. 청소년들은 보안 메신저 서비스와 소셜네트워크로 메시지를 주고받고, 통화는 하지 않는다. 그 세대는 전화 통화가 침해적일 뿐 아니라 필요하지도 않다고 여긴다. 언젠가 당시 남자친구였던 노에로부터 연락이 없다고 걱정하던 테사에게 순진하게 물었던 기억이 난다. 전화해 보면 되잖아? 그러자 테사가 대답했었다. 전화번호가 없어.

"네가 먼저 연락할 필요는 없어. 우리의 연락을 받게 될 거야. 그건 걱정하지 마."

택시를 불러 두 아이를 카티의 엄마에게 보냈다. 원래대로라면 두 사람은 거기에서 자고 있어야 하니까.

집으로 돌아오다가 또 오토바이를 발견했다. 지난번과 같은 오토바이다. 이번에는 길의 구석에 서 있다. 운전자는 그 위에 없다. 이내 빨간 장갑을 끼고 통창으로 내 방을 바라보며 서 있는 오토바이 운전자의 모습이 보인다. 나는 자전거의 속력을 높여 있는 힘껏 페달을 밟았다. 남자가 도망간다. 아직 밤의 어둠이 짙고, 나는 그가 다시 올까 봐, 내가 자는 동안 나를 바라보고 있을까 봐 무섭다. 온몸이 경직되어서 대문 앞에 몇 초간 서 있다가 니코의 집으로 가 벨을 눌렀다. 혼자 있고 싶지 않았다. 그가 자다 일어나서 속옷 차림으로 문을 열어 주었다. 횡설수설, 나는 내 딸 이야기와 오토바이 이야기를 하며 패닉 상태가 됐다. 심장이 터질 것 같았다. 눈물이 터져 나왔다. 그는 말없이 나를 안았다. 옷을 벗겼다. 나는 그가 계속하게 두고 그의 석관 침대에 눕는다. 온몸이 떨린다. 그는 이마에 부드럽게 입을 맞추고 볼과 입술에 키스했다. 내가 원했던 건지 모르겠다. 사실 그 반대였던 것 같다. 니코가 알몸으로 내게 밀착한다. 나는 눈을 감고 더 이상 생각하지 않으려 애쓴다. 그가 하고 싶은지 물었다. 싫다고 말하지 않기 위해 나도 그에게 키스한다. 그가 내 손가락을 석관 침대의 측면 버튼으로 이끄는데, 식인 침대가 떠올랐다. 우리 위로 두 문이 입처럼 닫혔다. 반쯤 잠든 상태로 나는 과거의 몸짓, 감정 없는 사랑의 안무를 재연한다. 새벽이 되자 침대가 저절로 열린 것 같았다. 바람이 유리 벽을 후려친다. 한동안의 무더위가 지나간 잿빛의 여름 하늘을 바라보면서 힘찬 빗소리를 듣는다. 내 목 위로 니코의 차분한 숨결이 느껴진다. 꿈이 아니었음을 실감한다. 나는 소리 없이 일어나 옷을 입고 조용히 집을 빠져나왔다.

XVI

느지막한 아침 니코가 우리 집 문을 두드렸을 때, 나는 열어 주지 않았다. 대신 문자를 보냈다. 오늘은 집에서 일하려고. 수사 계속 진행해 줘, 부탁할게. 그는 지난밤은 없었던 일이고, 다시 언급해서는 안 된다는 메시지를 이해했다. 오케이. 문자와 함께 엄지 손가락 이모티콘을 보내 왔다.

테사는 늦지 않게 들어올 것이다. 지난밤의 냄새를 걷어 내기 위해 샤워를 하고 머리를 정리하고 식기세척기도 비워야 했지만, 할 수 없었다. 주변을 둘러본다. 다비드의 부재가 사방에 있다. 그의 부재는 소파에 길게 누워 있고, 욕실에서 양치질하고 있으며, 냉장고 문을 열고 오렌지주스를 병째 마시고 있다.

그가 진짜 떠나 버리기 전까지 나는 몰랐다. 누군가의 부재가 얼마만큼 공간에 머물 수 있는지. 그의 안락의자는 예술 작품이 되었다. 나는 의자를 바라볼 뿐, 그 위에 앉지 않는다. 그것을 다시 보통의 의자로 만들고 싶지 않다. 그의 의자니까. 다비드가 나를 배신했을 때, 나는 안심할 수 있는 혼란을 느꼈었다. 버림받을까 봐 두려웠지만, 두려움이 열정을 불러일으켰다. 나중에는 도덕성과 투명화의 무게에 짓눌려, 그의 존재가 구속처럼 느껴졌다. 나는 더 이상 떨지 않았다.

떨림이 끝나면, 사랑도 끝난다.

오늘 아침, 다시 초조함이 시작됐다. 그가 영원히 돌아오지 않으면? 나는 이제 다른 이의 손에 익숙해져야 하는 것인가? 모르는 이의 심장 박동에서 위로받아야 하는가?

다비드가 그립다.

니코가 나를 원망하는 것 같지는 않다. 그는 아무 일 없었다는 듯 수사를 이어 나갔고, 어제는 온종일 올가의 과거를 뒤졌다. 이렇다 할 진전은 없었다. 2029년 리벤지 위크에 참여한 이들의 이름이 기록된, RW 리스트를 점검할 생각을 하기 전까지는. 그들은 사면됐지만, 그들의 이름은 옛 경찰 기록 보관소에 남아 있다.

"올가는 2029년 리벤지 위크에 참여했어. 38세 여성 마린 고티에를 살해했지. 당시 올가는 2014년에 다섯 살이었던 동생을 차에 치여 죽인 여자를 찾아내서 살해했다고 자백했어. 문서에 기록된 올가의 진술에는 전혀 후회의 기미가 없어. 판사들에게 이렇게 진술했더라고. 마린 고티에는 우리 가족을 무너뜨렸습니다. 저에게는 괴물일 뿐이에요. 이제 본인이 고통받을 차례고요. 동생의 복수를 해낸 제가 자랑스럽습니다. 비록 동생을 다시 돌아오게 할 수는 없지만요. 마린 고티에는 캉에 있는 '노고'라는 술집에서 서른여덟 번째 생일 파티를 하다가 독살됐어. 그 술집은 10년 전에 폐점한 상태고. 마린 고티에가 주말마다 술집에 가면서 정기적으로 사진을 인스타그램에 올렸대. 그래서 올가가 토요일 저녁에 고티에와 마주칠 거라는 확신을 갖고 거기서 기다린 거지. 마린 고티에가 남자친구와 아기와 같이 정말 나타났고, 올가가 고티에의 잔에 펜토바르비탈을 넣는 데 성공했어. 일하던 병원의 약국에서 전날 밤에 훔쳐 온 강력한 바르비투르산제였어. 안락사용 약물에 사용되는 성분이지. 1그램이면 충분할걸. 마린 고티에는 현장에서 즉사했어. 올가는 이 사건으로 유죄 판결을 받지 않았어. 리벤지 위크 특별법에 따라 정당하다고 판결됐으니까. 범죄자에 대한 복수라는 거지. 다만, 직업윤리의 심각한 결여일 뿐 아니라 범죄에 해당하는 약품 절도에 대해서는 기소됐어. 결과적으로 간호사로서의 활동이 전면 금지됐더라고."

니코의 말을 들으니 왜 올가가 언니에게 그렇게 의존할 수밖에 없었는지 이해가 갔다. 그녀는 그저 더 이상 일을 할 수 없는 처지였다.

니코가 아침부터 마린 고티에 가족을 찾아 나섰지만, 세 가지 장애물이 있었다. 우선 이름이 너무 흔했다. 프랑스에 고티에라는 성이 얼마나 많은지 상상도 못 할 거야. 찾는 데 1년은 족히 걸릴 것 같아. 두 번째, 고티에는 결혼 전 성일 수도 있다. 그렇다면 일은 더욱 어려워진다. 마지막으로, 스무 해도 넘은 옛날에 사망한 여성의 흔적을 다시 찾는 일은, 게다가 그게 리벤지 위크였다면 더욱 어렵다. 피해자 가족들은 증오에 찬 메시지를 받는 등의 2차 피해를 예방하기 위해 피해자의 얼굴을 공개하지 않았다. 당시 살인자를 살해하는 것은 범죄로 여겨지지 않았다. 많은 프랑스인에게 그것은 정의였다.

나는 니코에게 올가가 우리에게 이야기하지 않고 숨겨 둔 과거가 있는지 더 조사해 보라고 권했다. 현재로서는 우리가 적극적으로 나설 만큼의 정보가 충분히 모이지 않았다. 올가를 체포할 수도, 심문할 수도 없다. 수사를 이어 가는 데 핵심적인 정보를 노출할 위험이 있기 때문이다. 우리가 의심하고 있다는 걸 몰라야 계속 실수할 것이다.

내가 사무실을 나서는 모습을 보고 니코가 손으로 수줍게 신호를 보냈다. 그에게 어제의 일에 대해 말하고 내 태도를 설명하는 게 맞지만, 도저히 못 하겠다.

7월에는 학교 방학이 시작된다. 가족 단위 거주자가 대부분인 벤탐 곳곳이 아이들로 붐빈다. 다른 집의 통창을 두드리며 장난을 치는 무리도 있고, 길에서 축구하는 무리도 있다.

사실은 그렇지 않다.

가족 단위 거주자가 대부분인 벤탐에서, 여름방학을 맞은 아이들은 밖으로 나와 뛰어놀아야 하지만, 대개는 집에 머물러 있다. 거리를 잃어버린 아이들은 더 이상 공놀이를 할 수 없고, 두뇌를 조이는 VR 헬멧을 쓰고 하루하루를 보낸다. 그들은 인공적인 바다로 휴가를 떠나 금방 사라질 풍경 속에서 가상의 모래성을 짓는다. 헬멧을 벗고 난 후 바라보는 부모는 더 이상 현실의 인물 같지 않다. 부모들은 육체적으로나 직업적으로 꿈꾸던 모습을 구현하기 위해 최선을 다해 왔고, 그렇게 점점 자기 자신의 아바타가 되어 간다. 나다움을 지키세요, 보다 나은 버전으로. 마치 샤로 지구의 성형 전문 엘리트 클리닉 광고처럼.

내 딸부터 그렇다. 남과 닮고 싶다는 바람으로 운동하는 데 모든 시간을 보낸다. 이제 절친도 자주 만나지 않는다. 친구에게도 무관심한 기회주의자라고 비난한다. 카티가 벌써 베프를 바꿨어. 엄마, 있잖아, 카티가 팍스톤에 왔다 갔다 한 이후로 딴사람이 됐어. 새 친구들도 생기고, 관심사도 새로 생기고, 만나자고 할 때마다 피해.

나는 아이를 안심시키려 노력한다. 잠깐 그런 거야, 카티도 너와 멀어졌다는 걸 금방 깨닫게 될 거야.

미션을 받은 이후로 카티는 이중간첩 역할에 과도하게 몰입 중이다. 나는 사람을 다루는 카티의 능수능란함에 놀라고 있는데, 이 일이 끝나면 내 딸을 그만 만나게 해야 하는 건 아닌지 고민이 될 정도다. 카티는 거짓말에 재능이 있어서 순식간에 살로메의 신뢰를 사는 데 성공했다. 카티가 내게 보고하는 그들의 우정은 범죄조직의 요소를 갖추고 있다. 예를 들면, 살로메는 자신이 쥐새끼라고 부르는 사람들의 집 유리에 주저 없이 흠집을 내면서, 카티에게 같이 하자고 청한다. 카티는 오직 살로메의 믿음을 얻기 위해 승낙한다. 그전까지는 필로멘의 아들 아르튀르가 이 권위적인 이웃 누나에게 완전히 복종해 왔다. 걔는 내가 시키는 건 다 해. 내게 복종하지. 살로메가 카티에게 몇 차례 말했던 모양이다. 살로메에게는 수첩이 하나 있다. 식사하기 전에 손을 씻지 않거나, 설거지하지 않고 잠자리에 들거나, 아침에 침대 정리를 하지 않는 사람들 이름을 나열한 수첩이라고 한다. 카티가 말하듯, 이 시각적 공해에 짜증이 난 살로메는 그런 사람들이 사는 집의 통창에 주저 없이 기스를 내거나 낙서한다. 카티가 살로메에게 루아예뒤마 가족도 쥐새끼 리스트에 속하는지 묻자 살로메가 대답했다. 아니, 그 사람들은 다른 수첩에 있지. 하지만 그 얘기는 하고 싶지 않아.

카티에 따르면, 살로메는 완전히 정상이 아니다.
"그런 강박증은 처음 봐요. 걔네 아빠 빅토르보다 심해요. 살로메는 뭐든 먹기 전에 두 번은 씻어 내고요, 케이크 먹방을 계속 돌려 봐요. 한국 여자들이 엄청나게 많은 크림 케이크를 먹어 치우는 바이럴 비디오거든요, 사람들이 배 속을 채우는 걸 보면 정신이 맑아진다나요, 그리고……"

나는 카티에게 거기까지 하라고 신호를 보냈다. 됐다고, 듣기만 해도 불쾌하다고. 나는 그보다 살로메의 수첩이 궁금했다.

"우리에게 가져다줄 수 있을 것 같니?"

그러자 카티가 가방에서 노란색 작은 수첩을 꺼내 탁자 위에 올려놓았다.

"루아예뒤마와 관련된 페이지는 모두 찢어져 있었어요."

카티를 사무실 뒷문으로 배웅하며 조사를 계속해 보라고 격려했다. 카티는 최선을 다하겠다며 나를 안심시켰다.

나는 조만간 연락을 주겠다고 약속했다.

"오늘처럼 앱으로 가짜 계정 메시지를 받게 될 거야. 위급할 때는, 정말 위급한 상황이 닥치면 serrurier@secure-assist.com으로 메일을 보내.• 집 잠금장치가 고장 났다고 쓰면 내가 알아들을게."

• serrurier는 열쇠공이라는 뜻

니코가 길에서 나를 따라잡고는, 트램역까지 따라오라고 했다. 10분 후, 우리는 나무 의자와 자판기가 있는 샤로 지구의 카페에 도착했다. 그는 샌드위치 두 개와 초콜릿 에클레르 두 개, 커피 두 잔을 주문하고 결제 단말기 위로 시계를 통과시켰다. 도대체 여기서 뭐 하고 있는 건지 모르겠다.

"점심 먹을 거였으면, 사무실 근처에도 더 괜찮은 곳이 많은데 왜."

"이 근처에 루가 사는 집이 있어. 내 이야기를 듣고 나면 그 집에 살짝 들러보고 싶어질걸."

테이블 아래로 떨고 있는 니코의 다리가 보인다. 극도의 흥분 상태라는 신호다. 그는 다급히 숨을 몰아쉬며 자신이 진행한 수사 결과를 늘어놓았다.

"사무실에서 이드리스와 세실에게 도움을 요청했거든. 이드리스가 올가의 피해자, 마린 고티에에 대해 흥미로운 정보를 찾아냈어. 범행 장소인 술집의 옛날 주인까지 거슬러 올라가는 데 성공한 거지. 그 사람은 지금도 프랑스 남부에서 클럽을 경영하고 있고, 사건은 기억하지만 마린 고티에가 바에서 일하던 에밀리아와 친했다는 것 말고는, 크게 떠오르는 게 없다더라고. 그리고 바로 그 에밀리아를 내가 어제 만난 거야. 40대고, 짧은 머리의 그리스 여자였어. 그 사건 이야기는 별로 하고 싶지 않아 했지만, 내가 끈질기게 부탁했지. 나 알지? 결국 털어놓더라고. 당시에 마린 고티에가 이반 노박인가 하는 사람과 커플이었대. 뭔가 익숙하지 않아?"

나는 미국 추리소설에서 주인공이 위스키를 마시듯, 단숨에 커피를 입안에 털어 넣었다.

"노박이면, 루 노박의 그 노박?"

"그렇지. 루는 이반 노박과 마린 고티에의 딸이었어. 리벤지 위크에 살해된 사람의 딸이었던 거지. 다시 말해 올가가 살해한 사람의 딸."

니코가 무슨 말을 하려는지는 알겠는데, 그렇다면 왜 로즈를 공격했단 말인가. 올가가 아니고. 그리고 아주 친한 사이로 보였던 미구엘은 왜 죽였다는 말인가?

돌아오는 길에 니코가 자기 집에서 저녁을 보내지 않겠냐고
물었다.

"그저 친구로서. 약속해."

대답도 하지 않았다.

오늘 저녁 테사는 말 한마디 없이 들어왔다. 보통 아빠 집에서
돌아올 때면 내 눈치는 보지도 않고 그들과 함께 보낸 꿈 같았던
주말에 관해 조잘대기 마련인데. 제 아빠가 만든 요리부터 함께
한 외출까지 내게 보여 줄 사진은 천 장이 넘고. 루이즈도 작생트
를 엄청 좋아한다면서 콘서트 티켓을 이미 사 놓은 거야. 같이 가서
보고 왔지. 내가 다 찍어 놨어, 이것 봐⋯⋯. 함께 입양하기로 한
동물과 같이 가기로 한 호텔까지.

　아이 방의 유리문을 열었다.

　"무슨 일이야?"

　"아니, 그냥 아빠 때문에."

　수사가 시작된 이후, 다비드를 훔쳐볼 시간이 없었다. 일 때

문에 너무 바빴고, 테사는 열성적인 안내원이었다. 묻기도 전에 별별 이야기를 다 전해 줬다.

"아빠가 루이즈랑 헤어졌어. 지난주 월요일에 루이즈가 집을 나갔어."

미소 짓지 않기 위해 참는다.

"루이즈 때문에 속상한 거야?"

"아니, 아빠 때문에. 걱정돼. 일주일 내내 일하러도 안 갔대."

테사가 갑자기 깨달은 듯한 표정으로 말한다.

"아빠가 그림자가 돼 버렸어. 내가 보기엔 엄마를 그리워하는 것 같아."

자기 자신의 그림자가 되다. '생기를 잃었다'는 의미의 옛날식 표현. 그림자가 되는 것, 자기 자신의 그림자가 되는 건 멋진 일이다. 저마다 나뭇잎 밑으로 자신을 숨길 수도 있고. 테사는 내가 제 아빠에게 여전히 마음이 있다는 걸 모른다. 딸은 나를 강한 사람이라고만 여긴다. 나 역시도 그림자가 됐는데. 태양에 타 버린 그림자. 이 대화를 어떻게 이어 나가야 하나 고민하는데, 휴대폰에 알림이 뜬다. 내 열쇠공 주소로 메일이 하나 도착했다.

카티에게 새로운 소식이 있다.

"준비됐어."

　니코가 녹음을 시작했다. 카티를 사무실로 또 한 번 부를 수는 없어서(동료들과 상사로부터 곤란한 질문을 듣게 될 것이므로), 도시의 끝, 페미니스트 지구 오데크와 환경주의자들의 천국 라타피 사이의 버려진 공원에서 만나기로 했다. 눈에 띄지 않는 장소였고, 게다가 가장 더운 시간인 낮 12시부터 2시 사이에 거기까지 가서 빈둥거릴 사람은 없을 테니까. 건조하고 덤불이 우거진 공원의 잔디가 군데군데 떨어져 나가 공처럼 빙글빙글 돌고 있었다. 미국 서부영화에 나오는 회전초처럼. 분수대 근처에는 여전히 폭염을 견디고 있는 작은 녹지가 있었다. 우리는 피크닉 테이블 주변에 둘러앉았다. 니코가 시원한 탄산음료가 가득 담긴 아이스박스를 준비해 왔다. 카티가 그중 하나의 뚜껑을 땄다.

"미리 말씀드리는데, 믿기 힘드실 거예요."

카티는 마른기침을 하고 길게 음료를 들이켰다.

"어제 살로메가 아르튀르에게 도넛 열두 개를 가져오라고 시켰어요. 그 꼬맹이는 왜 그런지 모르겠지만, 살로메가 손가락 만 까딱해도 복종해요. 꼬맹이가 살로메 집 앞의 라 도너트리에 서 한 상자를 사 왔죠. 늦은 오후였어요. 그러자 살로메가 저한 테 먹방 비디오를 만들겠다며 영상을 찍으라고 했어요. 손을 씻 더니 라텍스 장갑을 끼고 카메라 앞에서 도넛을 하나씩 하나씩 먹기 시작하더라고요. 걔네 아빠도 집에 있긴 했는데, 그 성당 3D 모형 만드느라고 헤드셋을 끼고 계셨어요. 작업할 때 클래 식 음악을 들으세요. 다 끝나고 집에 가려는데, 살로메가 유리 스크린으로 같이 영화를 보자고 졸랐어요. 그래서 자정이 다 돼 서 집에 간 거예요."

여기까지는 비정상적인 평소보다 더 이상할 건 없었다. 니코 는 녹음과 동시에 손으로 기록했다. 카티가 이어 나갔다.

"남친 집에 도착해서야 배낭을 안 가져온 걸 알았어요. 거기 에 노트북이랑 소지품이 다 들어 있거든요. 피곤해서 정신이 없었나 봐요. 되돌아갔는데, 그 시간에 그 집에 올가가 있는 거 예요."

"그게 몇 시였니?"

내가 묻는다.

"대강 새벽 1시쯤이었어요. 마티스, 팍스톤에 사는 제 남친이요, 걔네 집에서 멀지 않거든요. 걸어서 20분쯤 걸릴 거예요. 그러니까 되돌아가는 데 걸린 시간을 생각하면……."

"그래서 올가가 뭘 하고 있었어?"

"전혀 모르겠어요. 진짜 이상한 건, 올가가 그러고 금방 없어졌다는 거예요. 고개를 돌리는 찰나에 사라졌어요. 저는 살로메네 집 쪽에서 다가갔어요. 살로메가 저를 보고 집에서 나오더니 밖으로 제 가방을 집어 던지며 말했어요. 잘 자, 나 너무 피곤해, 내일 보자. 그러면서 제가 멀어지는 걸 계속 지켜봤어요."

니코가 끼어들었다.

"뭐야, 그게 다야? 다시 돌아가 보지 않았어? 착각하고 잘못 본 것까지 듣고 있을 만큼 한가한 사람들 아니야, 우리."

화가 나서 일어서는 카티의 팔을 내가 잡았다.

"잠깐만. 이거 중요한 일이야. 더 본 거 없어? 확실해?"

"없다고 했잖아요. 아, 나도 이 조사하는 거 지겨워 죽겠다고요. 이제 가도 돼요? 저는 그 사이코의 촬영기사를 하겠다고 나선 적도 없고요, 경찰이 저한테 이런 톤으로 말해도 된다고 한 적은 더더욱 없어요. 본인 일을 어린애한테 하라고 시키는 거는 괜찮으신가 봐요, 협박까지 하면서. 디지털 신원 도용에다가 또 뭐가 있더라."

"그래, 네 말이 맞아."

카티가 예상 못 했을 대답이 내 입에서 튀어나왔다. **투명화 혁명** 이후로 수사하기가 어려워졌다. 우리는 활동 없이 수사해야 한다. 거의 불법에 가까운 변칙적인 방법을 도입하지 않으면 이 일을 할 수가 없다. 그게 이 상황의 모순이다. 비밀 없는 유토피아적 사회가 우리를 거짓말하게 만든다.

나는 그 자리에서 바로 카티의 계좌로 돈을 송금했다.

"자, 너 이제 내 죄목 리스트에 부패까지 추가할 수 있겠다?"

카티는 탄산음료를 다 마시고는, 스마트폰에 찍힌 금액에 만족스러운 표정을 지으며 떠났다.

루디의 진술

루디 메르메가 로즈를 안다며, 우리를 꼭 만나고 싶다고 끈질기게 청했다. 알려 줄 정보가 있다면서, 노르망디에서 벤탐의 안전관리본부까지 찾아왔다.

"메르메 씨, 말씀하시려는 내용이 확실한 건가요?"

목격자는 마른 체격에 초췌한 얼굴, 꺼진 볼에 눈꺼풀이 처진 남자였다. 마른 흙으로 얼룩진 장화를 신고 체크무늬 셔츠를 입었다.

"얼마나 확실하면 200킬로미터를 달려왔겠습니까. 그 여자, 아르장텅에 있는 우리 고등학교에 다녔어요. 목격자를 찾는다는 TV 공고에서 처음 사진을 보고서 와이프한테 이렇게 말했다니까요. 부부가 살해됐다니 끔찍하네. 로즈라는 저 여자, 우리 반이었던 여자애랑 판박인데. 그 이상으로 생각하지는 않았어요. 처음에는 우연인 줄 알았거든요. 가끔 보면 닮은 사람들이 있잖아요. 그런데 지난주에 우리 아들이 제 어릴 적 사진을 보여 달라고 하더라고요. 창고에 옛날 물건들이 엄청나게 쌓여 있는데, 거기에 축구선수 머리를 하고 돌아다녔던 고등학교 적 창피한 사진이 다 있거든요. 거기서 아들이 연애편지까지 찾아내서 저를 놀려 먹었죠. 요즘에는 그런 거 거의 안 쓰잖아요. 아니 아예 없죠. 우편함도 다 옛날 얘기고요. 택배기사 보라고 문짝에다가 이름이나 써 놓지, 편지 같은 건 받을 일이 없으니까요. 아들놈이 내 물건 뒤지는 걸 보는데, 갑자기 얼마 전 방송에서 본 사진이 생각나는 거예요. 그 우아한 얼굴, 그 여자 미모가 생각나더라고요. 내가 그 애를 좋아했었거든요. 사랑했던 사람은 잊을 수 없는 법이지요. 몇 넌이 지나도, 아니 세월이 지날수록 더욱."

나는 끼어들지 않고 루디가 계속하도록 내버려두었다.

"그러니까 다시 아들놈 얘기로 돌아오면, 아들놈이 사진 앨범 하나를 펼쳤어요. 내가 여기 가져왔습니다. 보세요. 2022-2023년도 졸업반. 여기 있네. 오른쪽 눈 아래 점도 똑같죠? 보이세요?"

그가 볼펜으로 한 여학생의 사진을 목격자 공고에 나온 사진과 번갈아 가리켰다. 반 학생들의 사진 옆, 오른쪽 페이지에 학생들의 이름이 위치 순서대로 적혀 있었다.

즉시 이해한 니코가 지체 없이 동료들을 올가의 집으로 보
냈다. 질문할 게 몇 가지 있다고 하세요.

올가의 진술

어둠이 막 내려앉았다. 시작하기 전에 니코가 위층에서 말을 좀 맞추자고 했다. 루디의 진술이 수사의 전환점이 됐고, 이제 올가를 심문해야 한다. 나는 커피를 큰 잔에 따랐다. 니코는 태블릿에 이름과 날짜를 메모하고, 떠오르는 생각을 소리 내 말하면서 제자리에서 왔다 갔다 했다.

"처음부터 다시 짚어 보자고. 올가와 로즈는 노르망디의 농장에서 같이 자랐어. 남동생 토마도. 2014년에 그들은 리지외에 있는 할머니 댁으로 여름휴가를 갔고, 로즈가 남동생이랑 빵을 사러 나갔지. 그 길에서 앞서서 걷던 토마가 차에 치였어. 로즈는 토마가 길에 쓰러져 있는 동안, 차 안의 젊은 금발 여자가 다시 시동을 걸고 도망가는 걸 목격했고. 남동생은 구조대가 도착하기 전에 사망했어. 다섯 살이었고, 로즈는 열 살이었어."

로즈의 과거, 그러니까 남동생의 죽음과 청소년기의 정신병
원 입원 등의 모든 이야기를 우리는 **투명화닷컴**을 통해 이미 알
고 있었다. 하지만 맞춰지지 않는 몇 가지 퍼즐이 있었다. 올가
들라주의 이름이 서명된, 로즈의 집 거실에 있는 그림. 그리고
미구엘의 시에 있던 문장 올가, 나의 달콤한 올가.

취조실에 올가가 앉아 있었다. 굳은 얼굴로 듣고 있다가, 루
디 메르메가 진술한 내용을 우리가 다 이야기하기 전에 눈을
들었다.

"그 말 다 사실이에요. 로즈는 언니가 아니라 내 동생이에요.
모든 게 부모님이 돌아가시면서 가능했던 일입니다."

올가가 힘들게 말을 이었다. 단어를 고르느라 고민하는 걸
보고 편하게 말할 수 있도록 도와주기로 했다.

"부모님 돌아가신 후에 간호학 공부를 시작했던 거 아닌가
요? 맞죠?"

"맞아요. 캉에서 공부했는데, 동생이 매달 돈을 보내 준 덕
분이었어요. 어머니 돌아가시고 동생이 유산을 제일 많이 받았
거든요. 거의 다 받았다고 할 수 있죠. 동생은 나보다 훨씬 예
뻤고, 똑똑했고, 재능도 많아서 부모님은 편애를 숨기지 않았
어요."

"그러면 당시에도 이미 동생에게 의존하고 있었던 거군요?"

올가가 고개를 끄덕인다. 처음 만났을 때 그랬던 것처럼 카디건 소매를 만지작거리고 있다. 범죄를 저지를 사람이라고는, 여전히 상상하기 어렵다.

"동생은 얼마 안 가서 나를 노르망디에 혼자 두고 떠났어요. 항상 파리에 가고 싶어 했거든요. 2025년에 파리 보자르학교에 갔고, 같은 해에 거기서 미구엘을 만난 거예요. 두 사람 모두를 알던 한 친구의 집에서 만났다고 하더군요. 미구엘은 소설과 시를 책으로 출간했지만 성공을 거두진 못한 상태였는데, 동생을 사랑하게 됐죠. 물론 모든 사람들이 결국 그 아이를 사랑하게 되지만. 미구엘이 동생에게 시와 편지들을 보냈지만 미구엘 혼자의 짝사랑이었어요. 내 동생은 그때 멘토였던 미술사 교수와 비밀리에 만나고 있었으니까요. 그해 말에 교수가 반스재단의 자리를 맡게 되면서, 동생도 교수를 따라 필라델피아로 떠났어요."

니코가 이야기에 집중하며 의자를 꺼내 앉았다.

"미국에 도착해서 동생이 이름을 바꿨어요. 내 이름, 로즈로요. 미국 고객들에게 그 이름이 더 잘 팔릴 거라는 그 교수 애인의 판단이었죠. 동생은 한 번도 내 생각을 묻지 않았어요, 단 한 번도. 나는 아주 먼 곳에 사는, 유명하지도 않은 숨겨진 언니였고, 굳이 그 이름이 필요하지 않은 사람이었으니까. 올가는 그렇게 로즈 들라주가 됐어요. 로즈. 꽃 이름이 그 애와 아주 잘 어울렸죠. 작품을 팔기 시작하면서 돈을 잘 벌게 됐고, 작품의 뒷면에 로즈 들라주라고 서명했어요. 이제 미술시장에서 동생의 작품 가치는 그 이름으로, 한때 내 것이었던 이름으로 이어지게 된 거죠. 동생의 재능은 뉴욕, 베를린, 도쿄에서 빠르게 알려졌어요. 동생은 당시 유행하던 기후재난이나 인권 보호를 위한 구호기금을 조직하고, 무료 전화번호, 긴급 연락처 같은 걸 인스타그램에 게시하기도 했는데, 나는 그 모든 걸 다 멀리서 지켜볼 뿐이었어요. 나한테는 연락도 거의 안 했고, 내가 뭐 그렇게 내보일 만한 언니도 아니었고요, 알다시피."

루디 메르메의 말이 맞았다. 그의 동창 이름은 TV와 인터넷에서 몇 날 며칠째 떠들고 있는 그 이름과 일치하지 않았다. 로즈. 그러니까 우리가 아는 로즈는 과거 올가라고 불렸다. 필라델피아로 떠나기 전까지, 모든 청춘의 시절에 그녀의 이름은 올가였다. 미구엘의 시 역시 그녀에게 헌정된 것이 맞았다. 그럼에도 왜 올가가 결국 이 이름 바꾸기를 받아들였는지, 나로서는 이해되지 않았다.

"리벤지 위크 때문이었어요."

그녀가 대답했다.

"그 피로 물든 일주일이 시작되기 얼마 전에, 토마를 차로 치었던 여자를 내가 찾아냈거든요. 캉에서 수업받고 나오다가 흰색 다치아를 마주쳤고, 그 여자를 알아봤어요. 매번 그 차 모델이 눈에 띌 때마다 혹시 몰라 운전자를 확인하는 버릇이 있었거든요. 운전석에 있던 그 여자의 모습이 거의 변하지 않았더라고요. 부은 얼굴에, 동그랗게 자른 짧은 앞머리까지. 그 여자 집까지 뒤를 밟아서 이름을 알아냈죠. 마린 고티에. 고소할 생각이었어요. 마침 미국에서 동생이 돌아와 있었어요. 교수 애인이 다른 학생하고 바람을 피워서 헤어졌거든요. 동생도 법정에 세워야 한다는 생각이어서 검사를 만났는데, 검사가 공소시효 이야기를 했다는 거예요. 검사가 그랬대요. 15년이 지났습니다. 아시겠죠? 증거가 없잖아요. 언니분의 증언만으로 15년 전 일을 어떻게 확신합니까? 그리고 얼마 후 리벤지 위크로 나라 전체가 난장판이 됐죠. 동생은 직접 마린 고티에를 처리하겠다며 저에게 독약을 가져다 달라고 했어요. 제가 병원에서 바르비투르산 한 병을 훔치긴 했지만, 그 약을 부은 건 동생이었어요. 그로부터 일주일이 지나자 동생이 도취에서 깨어났는지 후회하기 시작했어요. 그때 가브리엘 보카의 발표가 있었죠. 복수는 사면되지만 특별위원회에 출두해야 하고, 처벌을 받지는 않더라도 예방 차원에서 기록으로 남겨질 거라는. 동생은 이 소식을 듣고 극단적인 불안에 빠져들었어요. 평판이 나빠질까 봐 걱정했죠. 그러면서 우리 둘 중 자신이 돈을 더 잘 버니까 본인이 계속해서 우리 둘의 생계를 맡아야 한다고 주장하더군요. 로즈 들라주라는 이름이 이미 예술계에서 알려졌으니, 끝까지 밀고 나가야 한다면서. 그렇게 신분을 바꾸게 된 거예요. 이전의 서류들도 정리

232

했고요. 젊었을 때 우리는 더 많이 닮았었고, 또 솔직히 누구도 서류의 사진과 실물을 자세히 비교해서 보지는 않으니까요. 내가 위원회에 자수했어요. 혼자서 바르비투르산을 훔쳤고, 내 삶을 망쳐 놓고도 아무 일 없었다는 듯 살고 있는 뺑소니 운전자를 죽여 복수하고 싶었다고. 위원회는 내게 일을 그만둘 것을 명령했죠. 그래서 현재까지 나는 일자리를 잃고 내가 저지르지도 않은 범죄의 범죄자가 된 상태예요. 로즈가 내게 다 뒤집어씌웠어요. 그래 놓고 돈이 필요해지니까 내 집을 팔겠다고 한 거예요."

"그래서 뭐라고 했어요?"

"이번에는 그냥 당하고 있지만은 않았죠. 나디르에게 가서 변호사가 필요하다고 했어요. 그간의 사연을 다 이야기하고, 리벤지 위크 기간에 서로 신분을 바꿨다는 이야기도 털어놓았어요. 또, 내가 사는 집의 권리는 나에게 돌아와야 한다는 것도. 그런데 그거 알아요? 결국 싸우지 않기로 했다는 거. 나까지 동생을 들볶고 싶지 않았거든요. 로즈는 빚에 허덕였고, 자신이 벌인 짓에서 헤어나오지 못하고 있었으니까요. 그 범행이 독이 된거죠. 그 복수로 동생이 얻은 게 무엇일까요? 시간이 갈수록 더생생하게 살아나는 불안과 악몽. 나는 동생의 그림에서 이 모든 감정을, 깊은 고통과 죄책감을 느꼈어요. 작년 11월 17일, 우리 막냇동생 토마의 생일이 다가오면서 상태는 최악으로 치달았죠. 신경쇠약이 얼마나 깊어졌는지, 정작 자기 아들 생일은 잊어버리고 죽은 막내의 생일을 축하할 정도가 된 거예요. 나는 나중이 되어서야, 너무 늦게 동생의 연약함을 깨달았어요. 어릴 때부터 이미 불행해하는 내 앞에서 자신의 불행은 숨겨야 했겠구나. 동생은 고통을 표현할 권리조차 없었구나. 막내의 사고를 목격한 사람은 나였고, 나는 사춘기에 자살 시도와 정신병원 입원으로 부모님의 근심거리가 됐으니까. 로즈는 어려운 아이예요. 부모님은 나에 대해 그렇게 말했죠. 반대로 동생은 완벽과 단정함의 틀에 맞춰져 있었고. 생각해 보면 동생의 어린 시절 그림들은 이미 슬픔을 표현하고 있었어요. 토마가 세상을 떠났을 때, 동생도 고작 여덟 살이었어요."

올가가 눈물을 훔치고 길게 심호흡했다.

"정말 다 말하자면, 미구엘은 우리의 비밀을 알고 있었어요. 혁명 이후에 미구엘을 다시 만났을 때, 미구엘이 떠날 거라는 생각에 동생이 진실을 털어놓았거든요. 하지만 그는 떠나지 않았죠."

이 말을 끝으로 올가는 자리에서 일어나려 했다.

올가의 유죄를 확신하는 니코는 거기에서 멈추지 않았다.

"아니, 우리는 다 못 들었어요. 아직 밀로를 찾지 못했고 로즈와 미구엘을 죽인 범인이 나오지 않았으니까."

긴 진술에 피로가 몰려와 잠시 쉬자고 제안했다. 올가는 안에서 기다리겠다고 했고, 우리는 밖으로 나오면서 마비된 다리를 풀었다. 니코는 단념하지 않았다.

"그래도 이상하단 말이지. 떳떳하다면 왜 진작에 저 이야기를 다 털어놓지 않았을까?"

일주일 휴가를 내고 떠나왔다. 그저 떠나고 싶은 마음 하나였다. 어린 시절 친구인 오드리가 대도시와 그 숨 막히는 완전무결함으로부터 멀리 떨어진 망슈해협 근처의 집을 빌려주었다. 투명화를 거부한 이 해변 휴양지에서는 중앙 행정부가 설치한 카메라와 레이더가 주민들에 의해 폐쇄됐고, 재설치된 후 또다시 폐쇄되었다. 지역의 안전관리인들은 이 동네에는 발도 들이지 않는데, 그들은 물론이고 소방관과 응급요원도 이곳에 들어올 권리가 없기 때문이다. 이곳 주민들은 그리용 주민들과 같은 서약서에 서명했다. 그럼에도 성수기가 되면 많은 여행객이 이곳에 온다. 부유한 자들은 경호원을 대동하고 사설 보안 서비스 비용을 내면서 여름 별장을 보호한다. 다른 이들은 값비싼 보

236

험에 가입한다. 대부분의 프랑스인이 그렇듯, 나는 그런 호사를 누릴 경제적 여유가 없으므로 위험을 감수하기로 했다. 기분 전환이 필요했다.

테사와 함께 오드리의 집에 짐을 풀었다. 선박 모양의 기다란 집이었다. 거실은 온통 나무로 만들어져 흡사 선실 같았다. 방들이 바람 따라 흔들리는 것 같았다. 창밖으로 수평선과 창턱에서 몸을 떨어 대는 갈매기만 보였다. 시야를 방해하는 것은 아무것도 없었다. 우리 둘 다 스마트폰은 벤탐에 두고 왔다. 사진도 영상도 찍지 않고, 언젠가 어쩌면 잊힐지 모를 추억만 만들 것이다. 파도 속에 몸을 던지고 자전거를 타고 미술관에 가고, 정말로 진지하게 미술 작품을 감상할 생각이다. 그리고 굴과 조개, 게, 대합, 고둥 같은, 바다에서 나는 소금을 품은 모든 것을 먹을 것이다.

우리가 경험한 것을 보여 줄 수는 없을 테지만 말은 할 수 있을 것이다. 적절한 단어를 골라서 감정을 묘사하고, 색을 입혀서 표정을 만들어 낼 것이다. 수년 동안 디지털 저장장치에 사진이 쌓여 가고 있지만, 중요하지 않은 사진도, 소중한 사진도 현상하는 일은 없다. 그 사진들이 어디에 있는지 알기만 하면 되니까. 쌓아 두고 쌓아 두면서, 궁금해하지 않는 친구들과 공유하고 가족들에게 보낸다. 사진 예쁘다. 멋진데. 즐겨. 메시지 혹은 이모티콘으로 회신을 받으면 그걸로 충분했다. 다음 여행까지.

테사는 쉼 없이 화면을 두드리는 광란의 손가락 중독에서 벗어나는 데 동의했다. 우리는 빨갛거나 초록인 등대 주변을 산책하고, 빠르고 연속적인 쾌락이 주는 지루함과는 다른 종류의, 무기력하지 않은 지루함을 익힐 것이다. 테사도 이제 거의 어른이 됐으니, 이번이 아마도 우리가 함께 보내는 마지막 휴가일 것이다. 내가 이 글을 쓰는 동안, 아이는 자기 목을 살짝 꼬집으면서 만화책을 넘기고 있다. 내 딸의 모든 것, 성격과 습관에서 아이 아빠가 떠오른다.

"엄마, 수영하러 갈까?"

내가 자리를 비운 동안 루가 체포됐다.

니코는 내게 미리 알려 주지 않았고, 사무실에 도착해서야 소식을 들었다. 니코는 올가가 구속될 것을 예상하며 부아롱에게 올가 파일을 넘겼다. 하지만 올가의 녹취파일을 들은 부아롱은 루만이 확실한 살해 동기를 갖고 있다고 결론 내렸다. 어머니의 복수.

니코가 백배사죄했다.

"정말 미안해, 엘렌. 부아롱이 결과물을 가져오라고 재촉해서 어쩔 수 없었어."

"니코, 그거 알아? 비겁한 행동에는 두 가지 원인이 있어. 첫 번째는 나약한 영혼. 내가 불쌍하게 여기는 경우지. 두 번째는 내가 무서워하는 건데, 숨겨진 야망이야. 둘 중 어떤 경우라 해도 우리는 더 이상 친구가 아니야."

그 말을 하는 순간 뤼크 부아롱이 들어왔다.

"친애하는 엘렌, 우리는 올가를 체포할 수도 있었네. 하지만 자네가 가지고 있던 증거는, 그 여자의 집에 불법으로 침입해서 획득한 마이크로 파일과 명확한 증거 없는 의심뿐이었어. 그것도 불법적으로 미성년자를 고용해서 보고받은 것들이지. 내가 경고했잖아, 그런 게 오히려 수사 절차를 망쳐 놓을 수 있다고. 자네에게 24시간을 주겠네. 짐 정리하게."

니코는 감히 나를 바라보지도 못했다. 모조리 다 말해 버린 것이다. 그에게 박수를 보냈다.

"훌륭하다, 아주."

루는 재판이 열리기까지 오데크에 있는 여자 교도소에 구류됐다. 나는 분노에 휩싸여 자전거를 타고 도시를 가로질렀다. 루와 이야기해야 한다. 배지는 아직 반납하지 않았다. 그것도 얼마 못 가겠지만. 나는 루의 결백을 확신한다. 아주 간단한 이유다. 루에게는 알리바이가 있다. 사건 발생 시각에 루는 팍스톤에 없었다. 루가 사진 작업실에서 오후 5시 46분에 나서는 모습이 그리용의 CCTV에 찍혔으니까. 필로멘이 팍스톤에서 사건을 신고한 시간이 오후 6시 22분. 두 사람을, 그것도 혼자서

살해하고, 시신을 공원으로 옮기고, 이웃의 눈을 피해 매장까지
하기에는 터무니없이 짧은 시간이다.

오데크의 여자 교도소는 반투명 폴리카보네이트로 만들어진 초현대식 큐브다. 각각의 큐브에는 샤워 시설과 투명도를 조절할 수 있는 프리바라이트 칸막이의 일본식 화장실, 침대와 유리 스크린이 설치되어 있다. 루가 누워 있는 모습이 밖에서 보였다. 천장을 가만히 응시하고 있다. 사진기자들이 루의 방 앞에 모여 서커스에서 광대를 부르듯 그녀의 반응을 기대하며 휘파람을 불었다.

리셉션에서 접견을 신청했다. 흰색 블라우스를 입은 여자가 동행했다. 복도에서 소독약 냄새가 났다. 방으로 들어갔다. 수의를 입고 누워 있는 루는 미동도 하지 않았다.

"저들에게 얼굴을 보이고 싶지 않아요."

"이해해요. 나도 저들이 입 모양을 읽지 못했으면 좋겠어요."

나는 가방에서 수술용 마스크를 꺼내 썼다.

"자, 나는 준비됐어요."

루는 눈을 감고 있었다.

"잘못이 없다는 걸 알고 있어요. 그래도 나는 이야기를 들어야겠어요."

"나디르 때문에 체포된 거예요. 부아롱의 심문을 받으면서 내가 로즈와 올가에 대해 알고 있었다고, 신분이 바뀐 것까지 알고 있었다고 이야기했대요."

"그럼 모르고 있었어요? 왜 팍스톤에서 살고 싶어 했던 거예요? 우연이라기엔 묘한데요?"

"우연이 아니에요. 복수할 생각이 있었어요, 맞아요. 올가에게 복수할 생각이었죠. RW 리스트 파일에서 엄마의 죽음에 대해 알게 됐어요. 그래서 올가를 추적했어요. 하지만 실행에 옮길 용기가 나지 않았어요. 결국 안 하길 다행이죠, 올가는 죄가 없다는 것을 이제야 알게 됐으니까요."

"나디르가 들라주 자매의 이야기를 알게 됐을 때 당신에게 말해 줄 수도 있었을 텐데요."

"말해 줄 수 있었죠, 하지만 해 주지 않았어요. 저기요, 혹시 저를 의심해서 오신 거면 그냥 가세요."

루가 자리에서 일어나 나가 달라는 듯 문 쪽으로 안내했다. 나는 나디르가 왜 거짓말을 한 것 같냐고 물었다.

"복수죠. 제가 다른 사람을 만났다는 사실을 들었을 테니까요. 모든 게 투명하니까, 어렵지 않게 알아냈겠죠. 나디르는 늘 질투가 심했어요."

나가면서 나는 그녀의 결백을 여전히 믿는다고 안심시켜 주었다. 루는 감옥의 거울 벽을 가리키며 말했다.

"그래도 저는 더 이상 무죄가 아닌 걸요, 보시다시피."

XXVII

오늘 저녁 〈유죄추정〉 프로그램은 '루 노박 사건'을 다뤘다.

'루아예뒤마 사건'은 이제 막 이름을 바꾼 참이었고, 루를 묘사하는 과정에서 머그샷이 쓰였다. 피곤하고 창백한 모습은 그녀에게 유리하지 않았다. 평소 부드러웠던 이목구비가 뒤로 묶은 검은 머리 때문에 거친 인상을 주었다. 여론을 진정시키기 위해서는 불태울 마녀가 필요하다.

프로그램 초입, 진행자는 이웃들의 명백한 증언 영상을 틀었다. 나디르는 순진한 구 남친 역할을 맡아 루를 철저한 계획에 따라 목적을 이루기 위해 팍스톤 이주를 유도한 조종자라고 묘사했다. 그에 따르면 루는 심지어 미구엘이 의심을 거두도록 유혹까지 했다. 필로멘은 광고 중인 청소 상품들을 뒤에 진열해 놓고 딸 니농과 거실에 앉아 있는 모습으로 나왔다. 루에 대해서는 예의 바른 청년이어서 그런 일을 벌였으리라고는 상상도 못 했다는 것 외에는 별다른 말을 하지 않았다. 빅토르는 정원의 접이식 의자에 누워 이 사건으로 조성된 사회적 불안에 분개하면서도, 하지만 범인을 밝혀냈다는 사실에 기뻐해야죠. 불행히도 제로 리스크는 존재하지 않습니다. 우리 마을처럼 안전한 곳에서도요. 과일 속에 벌레가 있을 거라고 누가 의심할 수 있었겠습니까? 하고 말했다. 그의 모습 뒤로 집 내부에 살로메와 필로멘의 아들 아르튀르가 보였다. 아이들은 붙어 앉아서 온라인게임을 하고 있었다. 올가는 등장하지 않았다. 그녀는 모든 인터뷰 요청을 거절했다. 하지만 브뤼셀에 사는 루의 사촌 비앙카가 우리의 전화 인터뷰 요청을 승낙했고, 그 예외적인 증언을 프로그램 마지막에 들으실 수 있습니다. 진행자가 말했다.

루의 유죄는 재판도 하기 전에 확정됐다. 방송에 참여한 패널의 말을 빌리자면, 그녀의 유죄는 논리적으로 보이기까지 했다.

나는 여론조사 결과를 기다리지 않고 유리 스크린을 꺼 버렸다. 여러분이 보시기에, 루 노박은 유죄인가요, 무죄인가요?

여러분이 보시기에.

사무실을 나서기 전에 나는 마지막으로 동료들에게 루의 무죄
를 설득하기 위해 애썼다.

"그리용의 CCTV에서 루가 사진 작업실을 떠났던 게 17시
46분이에요. 살해할 시간이 없었다고요. 그건 불가능합니다."

뤼크 부아롱이 재밌다는 표정이다.

"보고서에 사진 작업실 얘기는 쓰지 않았던 것 같은데."

"수사에 꼭 필요한 내용은 아니었으니까요."

"본인 스스로가 투명하지 않으면서, 우리더러 지금 자네를
믿어 달라는 건가?"

3층 영상실에 백업해 둔 영상 파일이 하나 있었다. 아직 데

이터베이스에 남아 있을 터였다. 나는 뤼크에게 한 번만 확인해 달라고, 그것만 봐 주면 바로 자리를 떠나겠다고 약속했다.

"2분이면 돼요."

3층에 도착해 파일을 뒤졌지만 찾을 수 없었다. 부아롱이 조급해했다. 니코가 나를 도우러 왔다.

"엘렌의 말이 맞아요, 실종 시간에 루는 그리용에 있었어요. 제가 증인이에요, 그 영상을 제가 틀었거든요."

하지만 영상은 찾을 수 없었다. 삭제됐다. 루의 무죄를 입증할 단 하나의 증거가 지워진 것이다.

"네가 삭제했어?"

니코에게 물었다.

"아니, 당연히 아니지."

뤼크 부아롱이 손을 내밀며 다가왔다.

"배지 반납하게."

나는 배지를 주머니에서 꺼내 그에게 긴넸다. 이제 나로서는 수사는 여기까지다. 길을 걷는데 니코가 따라온다.

"엘렌, 정말 미안해. 부아롱에게 절대 이야기해서는 안 됐는데. 그래도 제발 믿어 줘. 내가 영상 지운 거 아니야."

트램의 출입문이 닫힌다.

집으로 곧바로 들어가지 않았다. 다비드를 만나야 했다. 내가
얼마나 지쳤는지 말하고, 그가 옳았음을, 내가 틀렸음을 인정해
야 했다. 나는 우정을 믿었었다. **투명화**를 신뢰했었다. 그러나
그 어느 것도 살아남지 못했다.

　다비드는 나를 기다린 듯 보였다. 나를 보자마자 문을 열었
다. 키스로 인사하지는 않았다. 한참 나를 바라보다가, 내 이마
에 머리를 기댔다. 내 안에 새로운 두려움이 투영된다. 모두가
복수를 하려 한다. 니코는 내게 무심함의 대가를 치르게 했다.
나디르는 루에게 복수했다. 루는 남동생의 복수를 한 올가에
게 복수하려 했다. 복수가 전염병처럼 돌고 있다. 다비드는 내

가 돌아오는 순간 나를 거부할 수도 있었다. 그는 내게 과거의 대가를, 그의 비밀스러운 삶을 박탈하려 했던 대가를 치르게 할 수도 있었다. 나는 그의 사생활을 공유하는 것만으로는 성에 차지 않아, 내 손에 들어오지 않는 부분까지 통제하려 했다. 투명화는 많은 커플들을 파괴한다. 사랑은 진열되면서 증발하고, 노출되면서 폭발한다.

다비드는 나를 밀어내지 않고 내 볼을 쓰다듬었고, 그의 미소는 더 이상 지나가는 이들을 의식한 거짓이 아니었다. 나만을 향해 있었다.

젊은 시절 그랬던 것처럼, 그의 가슴을 깔고 누워 그의 손과 손가락이 내 등을 선을 그으며 쓰다듬기를 갈구했고, 그렇게 내 호흡도 차분해졌다. 내가 잠들자, 그가 일어나 냉장고를 열고 병째로 물을 마셨다. 그 소리에 잠이 깼다. 침대 옆 의자 위에 놓인 장갑이 보였다. 나는 바로 알아보았다. 바이크 재킷 위에 놓인 빨간색 가죽 장갑. 이제 내가 미소 지을 차례다.

테사가 함께 저녁을 먹기 위해 나를 기다리고 있다. 내가 가방을 챙기자 다비드가 붙잡았다. 그가 언제 다시 볼 수 있느냐고 물었다. 그날 저녁 나는 가벼운 마음으로 떠났다. 미래에 무엇인가 아직 남아 있다는 확신과 함께.

루의 재판은 별다른 반전 없이 끝났다. 형식은 신속했고, 내용은 과격했다. 피고인인 루는 변호사를 선임할 권리가 없었다. 파블로만이 감히 그녀를 변호한 유일한 사람이었다. 그는 실종당일 루를 그리용에서 봤으므로 그 사실을 증언할 수 있었다. 시스템을 증오하는 사람의 말을 어떻게 믿을 수 있을까요? 나디르의 주장으로 토론은 중단됐다. 무엇보다 그리용 주민은 이 사건에 개입할 권리가 없음을 상기시켜 드리고 싶습니다.

루는 차분하게 주장을 펼쳐 갔다.

"제가 동네에 도착한 시간이 몇 시였는지, 팍스톤의 경비원에게 왜 물어보지 않으십니까? 경비원들이 출입 시간을 기록했을 텐데요. 그들이 잘 알고 있습니다, 그 시간에 제가 없었다는 것을."

"팍스톤의 경비원들은 사설 업체 소속입니다."

뤼크 부아롱이 대답했다.

"당신들, 팍스톤 주민들이 고용한 사람들이죠. 그러므로 우리는 그 기록을 신뢰할 수 없습니다. 더불어 업무를 엄격히 수행하고 있다고 보이지도 않고요."

"그럼 그리용의 CCTV는요? 확인해 보셨습니까?"

"우리는 영상기록을 몇 달씩이나 보관하지 않습니다."

"그럼, 제가 어떻게 혼자서 두 사람을 살해할 수 있었을 걸로 생각하시죠?"

"미구엘은 머리를 가격당했습니다. 막대한 힘이 드는 일은 아니죠. 로즈의 경우, 신경쇠약증이 있었다고 주변의 모든 이웃이 증언했습니다."

"저는 그 시신들을 절대 놀이터까지 옮길 수 없었을 거예요, 제 체구를 보세요."

"할 수 있었을 겁니다. 재건축 후 놀이터는 한걸음 거리에 위치하게 됐으니까요. 어려울 수는 있지만, 가능은 합니다."

"그 와중에 아무도 저를 보지 못했다고요? 이웃 중 누구도?"

"주민 정찰대의 멤버인 빅토르와 조안은 그 시간 집에 없었습니다. 나디르도 외출 중이었고요. 당신을 목격할 수 있었던 유일한 사람은 필로멘과 아이들, 그리고 올가뿐이지요."

빅토르가 그들을 증인석으로 불러냈다. 빅토르는 베이지색 리넨 바지에 파란색 줄무늬 셔츠를 입고, 발끝에 꽃무늬가 있는 갈색의 에나멜 가죽 리슐리외 구두를 신고 있었다.

필로멘이 일어나 차분한 목소리로 발언했다.

"수사관님께 이미 말씀드렸듯이, 실종 시각에 저는 아이들의 숙제를 도와주고 있었습니다. 우리는 매우 열중한 상태였어요."

방청석에 앉아 있는 니농과 아르튀르는 옴짝달싹 못 하고 얼어 있었다. 조안이 그들을 바라보며 자신을 따라 하도록 위에서 아래로 고개를 끄덕였다. 아이들은 그대로 따라 하면서, 엄마의 말이 옳다고 확인해 주었다.

올가가 연단에 올라왔다.

"저는 낮잠을 자고 있었어요. 잠들 수 있는 약을 먹은 상태여서 통창이 비누칠되어 있는 것도 몰랐습니다. 필로멘이 울린 경고음 소리를 듣고 잠에서 깼어요."

마치 한 편의 희극을 보는 기분이었다. 라퐁텐의 우화 〈늑대와 양〉 같은. 루가 양의 역할을 맡았고, 계속해서 어떻게든 반박을 시도한다. 하지만 어림없다. 상대들은 다른 재판 없이 양을 먹어 치우기로 이미 결정했으니까.

253

장내의 청소년들이 일제히 일어나 해프닝을 연출했다. 그들은 "밀로는 어디에?"라고 쓰인 티셔츠를 내보였다. 침묵 속에서 피고인을 응시하면서.

유리의 시대

루에게 30년 징역형이 선고됐다. 판결이 내려지자, 주민들이 모두 박수를 보냈다. 빅토르가 내게 다가와 말했다.

"내일 저녁에 우리 집에서 작은 파티가 열릴 거예요. 그런 전통이 있거든요. 매번 재판이 끝나면 이웃집에서 모여요. 원활히 운영되고 있는 사법 시스템을 축하하는 의미로요. 이제 사건이 종결됐으니, 언제든 환영입니다."

거절할 뻔했으나, 그들도 내가 거절하기를 기다리는 것 같아서 승낙했다. 이 동네에 다시는 오지 않을 것이고, 이들을 보는 것도 마지막일 테니까. 나 또한 이 챕터를 종결지을 필요가 있었다.

오후 5시에 모이기로 했다. 빅토르는 성당 프로젝트 모형을 막 완성한 참이었다. 공사는 몇 달 안에 시작될 예정으로, 그는 이 파티를 이용해 주민들에게 관련 계획을 발표할 생각이었다. 길이 1.5미터, 폭 60센티미터의 미니어처 건물이 거실 한가운데 검은 대리석 바닥 위에 자리 잡고 있었다.

손님들이 더 자세히 보려고 그 주위를 맴돌았다.

"만지지 마세요, 손이 깨끗해도 만지면 안 됩니다."

아버지의 작업 지킴이 살로메가 반복해 외쳤다. 빅토르는 이 거대한 프로젝트에 얼마나 많은 시간을 들였는지 늘어놓으며, 우리 동네에 자신의 이름을 헌정한 건축가 조제프 팍스톤의 크리스털 팰리스처럼, 이 성당도 종교 장소가 아니라 소비의 사원이 될 것이므로 중립적인 장소라고 사람들을 안심시켰다.

카티가 내 어깨를 두드리고는 말했다.

"저도 여기에 오는 건 이번이 마지막이에요. 남친이랑 끝냈거든요."

카티를 다시 보니 기분이 좋다. 생각보다 섬세하고 영리한 아이다. 나도 모르게 두 팔로 아이를 안았다. 아이가 예상치 못했다는 듯 웃었다.

"고마워."

내가 말했다.

"도와줘서 고마워. 너의 냉정함과 용기에 정말 감탄했어."

카티가 부끄러운 듯, 고개를 숙였다. 살로메가 다가왔다. 머리를 직모로 펴서 높은 포니테일로 바짝 묶었다.

"카티, 안녕. 벌써 가려고?"

두 사람에게 자리를 비켜 주었다. 올가는 나를 피하고 있다. 나를 못 본 척하고, 거리를 유지하기 위해 이 사람, 저 사람과 이야기를 나누고 있다. 내가 거실에 앉으면 주방의 아난에게 가서 도울 일이 없는지 묻고, 내가 주방으로 가면 입구로 가 지인을 붙잡는 식이다. 프레데릭, 잘 지냈어? 너무 오랜만이네! 하면서. 아르튀르와 니농이 송풍기 앞에서 눈을 감고 몸을 식히는 동안, 필로멘과 조안은 그들의 친구 빅토르가 새로운 문명의 상징인 양 소개하는 성당에 관한 연설을 듣고 있다. 유리만이 이것을 가능하게 하지요! 개방과 폐쇄를 동시에 구현합니다. 유리를 통해 내부를 들여다볼 수 있지만 뚫고 들어갈 수는 없습니다. 시야를 제한하지 않으면서 내부와 외부를 분리하고요. 유리는 절충의 구현입니다. 우리가 소중하게 여기는 가치죠. 쉽게 깨지지만 변질되지 않고, 분해되지 않습니다. 연약한 동시에 견고한 소재를 만드는 데 성공한 것입니다. 본연의 상태를 벗어나 구름과 같은 비물질성, 순수함, 영원을 꿈꾸는 재료입니다. 이 성당은 우리를 닮아 있을 것입니다.

이웃들은 그의 연설에 사로잡혔다. 선구적이라는 수식어가 들려온다. 나디르가 새로운 시대로 우리를 이끄는 남자 빅토르를 위해 건배사를 한다. 빅토르가 잔을 들며 외친다.

"유리의 시대를 위하여!"

모두가 한목소리로 뒤따라 외쳤다.

어둠이 내려앉았고, 손님들이 하나둘씩 자리를 떴다. 나는 니코가 재판에도, 이 파티에도 오지 않은 것에 대해 생각하고 있다. 필로멘이 손짓으로 내게 작별 인사를 했다. 코가 빨갛다. 샴페인 때문이리라. 이웃들은 모두 즐거워 보인다. 그들이 떠나는 틈을 타 조용히 사라지려는 올가만 빼고.

신발장을 열어 운동화를 꺼냈다. 그리용으로 진출해 새 유리 집을 지으려 한다는 조안의 말소리를 들으며 운동화 끈을 맨다. 도시에는 더 이상 공간이 없어, 주택은 계속 부족하고. 해 볼 만하다고 생각해? 빅토르가 소리를 낮추라고 조언한다. 조용할 때 이야기해 보세.

찰나에 의심이 스쳤다. 다시 돌아갔다. 신발장 안에는 살로메와 빅토르 부녀의 완벽하게 광을 낸 깨끗한 신발이 나란히 놓여 있다. 하지만 나는 방금 전 꿈을 꾼 것이 아니다. 모든 신발에서 끈이 사라져 있다. 어제 재판에서 빅토르가 신었던 리슐리외 구두끈마저도.

밀로가 이곳에, 이 집에 다녀갔다. 어젯밤에, 아니 어쩌면 오늘도. 그 생각에 온몸이 얼어붙는 것 같다. 니코에게 연락해야 한다.

XXXII

니코를 설득하기는 어렵지 않았다. 나의 해고로 내게 갚아야 할 빚이 생겼으니까. 나는 밀로가 아직 이 동네에, 어쩌면 빅토르의 집 안에 있다는 확신이 든다.

"올가가 그 집에 정기적으로 드나든다고 했잖아. 연결되지?"

니코가 수긍했다. 뤼크 부아롱의 허락 없이 집을 수색하기로 했다.
"수색을 시작해야 할 뚜렷한 사유는 없지만, 내 차원에서라도 진행할 필요가 있다는 데 동의해. 이드리스도 따라올 거야."
"나는 같이 할 수 없지?"

"어, 안 되지."

니코가 수색을 나가려고 준비할 때, 석관 침대가 눈에 들어왔다.

"팔려고 내놨어. 너무 많은 역사가 묻혀 있어서."

"지난번에는 미안했어. 그렇게 떠나지는 말았어야 했는데."

니코가 손가락을 입술에 갖다대며 말하지 말라는 신호를 했다. 그가 권총집에 총을 넣다가 잠시 망설이더니 도로 꺼내서 내게 겨눴다. 그의 농담을 저지할 겨를이 없었다.

"키스하기 싫으면 내 집에서 꺼지시지."

XXXIII

밀로는 살아 있었다. 빅토르 주아네의 집에서 발견됐다. 비쩍
말랐고, 왼쪽 몸 전체에 화상 흉터가 있었다. 니코는 본부 2층의
불투명한 공간에서 일대일로 심문을 진행했다. 참관은 불가능
했지만, 니코가 이야기를 들려주었다.

니코는 내게 아이의 얼굴과 까만, 대낮의 빛에도 가늘게 뜨
는 아주 까만 눈과 영민함, 다소 영악한 화법, 곱슬머리, 유치원
에서 다른 아이가 할퀴어 생긴 왼쪽 볼의 흉터까지 묘사해 주
었다. 밀로는 손가락 사이에 피셀을 끼고 있었다. 자신을 구한
것은 피셀이었다는 말을 반복하면서.

시작은 새였다. 모두가 말했던 그 사건. 그날 저녁, 필로멘의 아들 아르튀르는 그들이 다니던 초등학교 앞에서 같은 반 친구들과 함께 밀로를 기다렸다가 겁을 주었다. 너 살인자가 어떻게 벌 받는지 알아? 하면서.

밀로는 그들의 경고에 신경 쓰지 않았다. 그들은 별다른 이유 없이 언제나 밀로에게 적대적이었으므로. 밀로는 자신의 세계에 빠져 있었고, 자주 뒤처졌고, 속임수를 쓰기도 했으며, 또 너무나 예민해서 다른 아이들을 자극하기에 충분했다. 게다가 이제 아이들에게는 동기까지 생겼다. 괴물을 죽여야 한다는 정당한 미션에 사로잡혀 멈출 수 없었다. 매일 밤, 아르튀르는 레이저 펜으로 밀로의 얼굴을 비추며 잠을 깨우고 겁을 주었다. 밀로는 가는 곳마다 괴롭힘을 당했다. 다른 아이들은 밀로가 놀이터에서든, 집에서든 더 이상 휴식을 취할 수 없음을 스스로 깨닫게 했다. 투명화로, 괴롭힘은 방과 후에도 집의 통유리를 통해 계속됐다. 밀로에게는 쉴 수 있는 피난처가 없었다. 끊임없이 쫓겨 다녔다. 아르튀르는 이렇게 협박했다. 너희 아빠한테 한마디라도 해 봐, 죽여 버린다.

아르튀르가 모든 비밀을 털어놓는 상대, 살로메 또한 여기에 참여하고 싶어 했다. 레이저 쏘는 걸로는 부족해. 더 진지하게 해 봐. 이 해충을 제거하자고.

상상력만큼 가학성도 강한 이 청소년은 사고 이후 폐쇄된 동네 놀이터에 구멍을 파는 재미에 빠져 있었다. 살로메는 아르튀르에게 구멍을 더 깊게, 진짜 무덤같이 파 보라고 한 다음, 학교 메신저를 이용해 밀로에게 사진을 보냈다. 아이는 더 이상 잠들지 못했고, 늘 불안감에 따른 피로에 시달렸다. 동물원의 동물들이 풀려나 평소 질투하던 자유로운 짐승을 공격하는 꼴이었다. 수년간 억눌려 있던 그들의 폭력성은 정당한 대의를 수호한다는 임무를 만나 마침내 폭발했다. 물론 대의는 핑계일 뿐이었다. 폭력성은 터져 나올 수밖에 없었다.

2049년 11월 17일, 이 일상적인 괴롭힘이 비극으로 번졌다. 살로메의 아이디어였다. 인정사정없는 프로젝트. 살로메는 밀로에게 물을 주고 싶었다. 기본적으로는 전혀 위험할 것이 없었다.

그날, 그녀는 얼음장같이 찬물 한 병을 아르튀르에게 건네며 작전을 설명했다. 내가 밀로를 정원 쪽으로 데려갈 테니까, 걔가 네 쪽까지 오면 물을 뿌려.

아르튀르가 받아들였다.

밀로가 다가오자 아르튀르는 병을 열고 약속한 대로 그에게 부었다. 밀로가 비명을 질렀다. 물이 차가워서라고 보기엔 너무나 날카로운 고음의, 격렬하게 울부짖는 소리였다. 집에 있던 미구엘이 아들의 찢어지는 비명을 들었다. 그가 도착했을 때, 밀로는 목의 피부가 벗겨지고 군데군데 생살이 드러난 상태로 누워 있었다. 생수병에는 마지막 순간에 살로메가 바꿔치기 한

염산이 들어 있었다. 혼비백산한 아르튀르가 말했다. 맹세코, 물인 줄 알았어요. 살로메가 물병을 줬어요, 살로메가요.

올가가 아이를 치료하느라 정신없는 사이, 미구엘이 총을 챙겨 필로멘과 조안의 집으로 갔다. 엄마가 그만하라고 빌었어요, 바보 같은 짓 하지 말라고. 하지만 아빠는 너무나 화가 나서 엄마 말을 듣지 않았어요. 밀로가 말했다.

아이는 이후에 일어난 일은 알지 못했다. 그저, 일어나 보니 지하창고였고, 노란색 불이 켜져 있는 춥고 커다란 방이었어요 하고 말할 뿐. 올가가 매일 먹을 것을 가지고 아이를 보러 와서, 붕대를 갈고 진통제를 주었다. 저한테 잘해 줬어요, 올가는. 밤에는 종종 아이가 바람을 쐴 수 있도록 위층으로 올라가게 해 주었다. 거기에서 아이는 알게 됐다. 본인이 어디에 있는지. 숨어 있던 곳은 빅토르의 집이었어요. 더 이상 아무도 괴롭힐 수 없도록 숨어 있어야 한다고 했어요.

빅토르는 거실 아래에 벙커를 가지고 있었다. 투명사회에서 지하실은 금지되었으나, 건축가로서 스스로에게는 예외를 허용했다.

"늘 조심해서 나쁠 건 없죠, 안 그래요?"

니코가 비꼬며 따라 했다.

최근 몇 주 동안 올가와 빅토르가 경계를 풀었고, 밀로는 위층으로 올라와 더 오랜 시간 머무를 수 있었다. 지난밤에 아이는 신발장 속에서 신발 끈들을 빼내 새로운 피셀을 만들었다.

　　아이는 그 이상은 알지 못했다. 니코가 괴로움에 의자를 끌어당겨 앉고는 숨을 골랐다.

　　"마지막에 아이가 졸려서 어린애처럼 눈을 비비더라고. 그러더니 잠들기 전에 내 손을 잡고는 속삭였어. 엄마 아빠는 돌아오지 않겠죠? 피셀이 다 말해 줬어요. 거기에 내가 무슨 말을 어떻게 해."

로즈와 미구엘 사건의 진실을 알게 되자마자, 뤼크 부아롱은 가브리엘 보카에게 즉시 상황을 알렸다. 투명화시민운동의 창시자로서, 그녀는 공공의 안전을 보증하고 있다. 루아예뒤마 사건은 이 운동을 위험에 빠뜨릴 만한 요소를 가지고 있었다.

니코와 나는 국방부로 불려가 기밀 유지 서약서에 서명할 것을 요청받았다. 누구도 알아서는 안 됐다.

니코는 거부했다. 내가 그의 비겁함을 비난했던 탓인지, 자신도 용기 낼 수 있음을 보여 주려 했다. 가브리엘 보카가 내게 어떻게 하겠냐고 물었다.

"니코와 같은 의견입니다."

내가 대답했다. 그러자 그녀가 거래를 제안했다.

"두 분에게는 두 가지 선택권이 있습니다. 폭로하면 밀로가 보육원에 갑니다. 하지만 비밀을 지키면 아이는 그리용에 있는 할아버지에게 갈 거예요. 첫 번째를 선택할 경우, 니코는 바로 배지를 반납해야 할 겁니다. 두 번째를 선택하면 배지는 지킬 수 있죠. 또한, 당신들의 침묵은 루의 석방과 교환될 수 있습니다."

그 말을 듣고 즉시 우리는 서명했다. 결백한 루를 감옥에서 썩게 두었다는 사실을 견딜 수 없을 테니까. 차라리 팍스톤 주민들이 구속되지 않는 게 나았다.

2049년 11월 17일, 아들 밀로가 공격당한 직후, 미구엘은 필로멘과 조안, 빅토르에게 그들의 아이들을 고소하겠다고 했다.

루아에뒤마 부부는 아르튀르와 살로메를 살인미수로 고발하려 했다. 밀로가 치료받고 있는 올가의 집에서 위원회 회의가 열렸다. 로즈는 안전관리인을 부르려 하며, 지금 당장, 더 못 기다려요, 내 아들한테 무슨 짓을 한 거예요? 소리치고, 자기 얼굴을 찢어 버릴 듯 두 손으로 양 볼을 잡아당기며, 밀로가 죽을 뻔했다고 울부짖었다. 올가의 진술에 따르면, 소송을 취하하는 조건으로 빅토르는 미구엘에게 200만 유로를 제안했다.

"딸 살로메가 어떤 위험에 처해 있는지 알고 있었으니까요."

올가가 덧붙여 말했다.

미구엘은 잊지 않고 그들에게 일깨워 줬다. 쥘 페레티 사건 이후로 일곱 살 이상이면 아이들도 감옥에 보낼 수 있게 된 거 알고 있지. 당신들이 그 법에 직접 투표했으니까, 안 그래? 빅토르, 몇 달 전이었다면 열세 살이 아직 안 된 네 딸을 처벌할 수 없었겠지만, 지금은 다르지. 그리고 필로멘, 막 아홉 살 생일 잔치를 끝낸 당신 아들은 어떡하지? 너희들을 동정하고 싶은 마음은 전혀 없어. 그런 건 남의 일이라고만 생각했겠지. 비행, 폭력, 살인 같은 건. 하지만 그게 자기 자신의 일이 되면 어떨까.

"빅토르가 300만 유로를 다시 제안했어요. 미구엘은 그의 에나멜 구두 위에 침을 뱉었고요."

올가가 말했다.

"그러자 끔찍한 장면들이 이어졌고, 동네의 많은 주민들이 목격했지만, 그들 중 누구도 개입하지 않았죠. 그 일 이후 몇 주가 지나고 몇 달이 지나는 동안에도, 누구도 그 이야기를 꺼내지 않았어요. 그들은 위험에 처한 사람을 도와주지 않은 죄로 고발당할 수도 있었던 거예요. 하지만 편안한 삶을 살고 있는데, 왜 모든 것을 뒤엎는 위험을 감수하겠어요? 그들의 눈도 이 범죄에 참여한 공범이에요. 그들은 조안과 빅토르가 미구엘을 틀어쥐는 것을 봤어요. 미구엘도 가만히 있지는 않았어요. 미구엘이 반격했고, 빅토르를 이리저리 휘두르고는 조안 위에 올라타서 제압했어요. 조안은 흥분해서 미구엘에게 욕을 퍼부었고요. 그러자 미구엘이 주먹으로 위협했고, 빅토르가 탁자 위에 있던 청동 조각상, 동생이 미국에서 갖다줬던 그 자유의 여신상 미니어처를 낚아채서 미구엘의 두개골을 부숴 버렸어요. 저는 너무 놀라서 움직일 수도 없었어요. 다행히 밀로는 제가 투여한 모르핀 덕에 잠들어 있었고요. 동생은 덜덜 떨고 있었습니다. 괴로움에 어쩔 줄 몰라 하면서요. 그들은 동생이 비밀을 지킬 수 없을 거라고 판단하고 죽이기로 결심했어요. 필로멘이 비닐봉지를 동생의 머리에 씌웠고, 목 주변으로 테이프를 감았습니다. 조안은 손목을 결박했고요. 사람들은 동생이 죽도록 내버려두었어요. 그런 다음 그들은 동생의 집으로 가서 통창에 비누칠을 했어요. 자발적으로 떠난 것처럼 보이기 위해서였죠. 조안과 빅토르는 놀이터에 시신을 묻을 구멍을 팠어요. 이미 그곳에 구멍을 팠던 살로메가 그렇게 하라고 알려 준 거고요. 그러고 나서 오후 6시 22분, 필로멘이 경고 알람을 울렸어요."

이웃들은 올가를 살려 주었다. 아무것도 보지 못한 밀로와 같이. 빅토르는 해결책을 찾기까지 자신의 벙커에 밀로를 숨겨 두고 시간을 벌자고 제안했다. 올가는 밀로를 돌봐야 했다. 이 일을 발설하면 어떻게 될지 잘 알고 있었다.

이 모든 투명함 속에서.

2050년 11월 17일

어떤 해는 마치 두 배의 시간을 산 듯 느껴진다. 한 해 동안 나는 많은 변화를 겪었다.

햇볕은 내 피부에 몇 개의 갈색 반점을 그려 놓았고 내 머리카락은 하얗게 물들었지만, 눈에 보이는 어떤 것도 내 마음속에 남겨진 흔적보다 명백하고 구체적이지는 않다. 나는 이제 다른 사람들에게 나를 내보일 필요를, 무엇보다 잘 보일 필요를 느끼지 못한다. 나는 타인의 시선으로부터 나를 해방시켰다.

그리용에서의 하루하루가 쉽다는 말은 아니다. 우리는 우리의 권리, 안전을 거부했고, 무엇보다 딸을 이전만큼 자주 만나지 못하게 됐다. 테사가 벤탐에 남아 카티와 하우스메이트로 함

271

께 살고 싶어 했기 때문이다. 그래도 후회는 없다. 투명하게 설계된 동네에서 벽은 흐릿한 형체가 반사되는 거울의 역할을 한다. 감정들은 잡히지 않는 유리의 미로에서 길을 잃고, 우리 몸에 스며들지 못한 채 피부 위로 미끄러진다. 다비드는 죽을 만큼 끝없이 자신을 지워 냈다. 서로를 탐색하며 종일을 보내면서도 우리는 서로에게서도, 이웃에게서도 멀어졌다.

떠나온 후에 나는 정박할 곳을 찾았다. 그리고 조금씩 잃어버렸다고 생각했던 단순한 즐거움을 다시 이어 나간다. 내 방문을 닫는 일, 다비드의 시선 밖에서 새 옷을 입어 보고 저녁에 함께 외출할 때 우아한 모습으로 나타나 놀라게 하는 일. 그저 하루 정도 눈을 감고 모르고 있다가 다시 발견하는 것만으로도 충분하다. 우리는 이제 꿈꿀 시간을 갖는다. 온종일 본 것으로부터 두 눈이 쉴 수 있도록.

다비드와 나는 함께 그리용의 서점을 샀다. 전 주인은 미구엘의 친구였다. 파블로가 우리를 도왔다. 나는 그에게 숨김 없이 알려 주었다. 그는 자신의 아들이 누구에게 구타당했고, 며느리가 어떻게 질식사했는지 알고 있다. 매주 토요일이면 파블로는 꽃을 들고 그들의 무덤으로 간다. 밀로와 함께, 포도나무 덩굴과 스타재스민이 자라는 돌 비석 앞에서 그는 두 사람을 추모한다. 그는 미구엘의 시집을 루에게 주었다. 루는 밀로와 파블로를 보러 자주 찾아오고, 작업실에 들러 사진을 현상해 간다.

니코는 벤탐에 남았다. 그는 잊고 사는 편을 택했다. 나는 그럴 수 없어서 복종하지 않기로 했다. 나는 글을 쓴다. 쓴다고 해서 해결되는 문제는 없을 것이다. 또한 쓰는 일이 치유의 과정이라고 생각하지도 않는다. 다만, 흔적을 남기는 것, 그뿐이다. 마음속에 비통함을 일으키고, 말하기의 불가능함과 행동할 수 없는 무능을 그저 표현할 뿐이다. 우리는 노트와 책의 수많은 페이지를 검게 채우지만, 늘 막다른 골목 앞에 서게 된다.

우리는 스스로에게도 투명하지 않다.

역자후기   곽미성

프랑스에서 책을 읽거나 쓰거나 만들거나 판매하는 이들에게 가을은 가장 바쁘고 또 설레는 계절이다. 8월 말부터 수백 종의 소설이 일제히 출간되고, 두세 달 후에는 그 작품들을 대상으로 주요 문학상 후보와 수상작이 발표되기 때문이다. 이 시기를 프랑스에서는 '렁트레 리테레르(Rentrée littairaire)'라고 부른다. 우리말로는 '문학 시즌' 정도로 표현할 수 있겠다. 《파노라마》는 2023년 문학 시즌에 출간됐다. 당시 프랑스 주요 일간지에 빠짐없이 소개되던 이 책이 궁금해 서점에 갔다가, "2029년 10월 26일, 우리는 사법부를 심판했다"는 문장까지 읽고 바로 구입해서 나왔던 기억이 난다. 다 읽고 며칠 후, 평소 친분이 있던 어떤책 출판사 대표에게 메일을 썼다. 꼭 소개하고 싶은 프랑스 소설이 있다고. 얼마 지나지 않아 이 소설은 르노도상 최종 후보로 선정됐고, 석 달 후에는 '고등학생이 선정한 르노도상'을 수상했다(공쿠르상을 비롯해 프랑스의 주요 문학상은 청소년 선정 부문을 두고 있다. 학생들이 일정 기간 후보작을 읽고 최종 토론을 통해 수상작을 선정하는 방식이다).

2029년 사법부와 행정부, 정치계급을 해체하는 혁명을 단행한 프랑스 국민들은 국가 전체를 '투명하게' 다시 세운다. "투명한 사회를 만들자"는 말은 흔히 들었지만, 공공기관과 주택까지 모든 건축물이 투명해진 도시는 상상해 본 적이 없다. 투명한 사회에는 일단 장점이 있다. 살인은 물론이고, 폭력이 급감한다. 알면서도 모른 척해 왔던 인간의 야만이 적나라하게 드러나 역설적으로 '인간성'을 회복하는 계기가 된다. 《파노라마》는 유토피아인 줄 알았던 이 유리 도시의 균열이 드러나면서 시작된다. 한 가족이 감쪽같이 사라진 것이다. 범죄 없는 사회에서 '안전 관리인'으로 전락한 경찰 엘렌이 본격적으로 수사에 뛰어드는데, 범인을 찾기까지의 과정은 긍정적으로만 여겼던 투명성에 대한 재고이자, 인간 본성에 대한 탐구이기도 하다.

2050년의 유리 도시는 시각적 상상력을 자극한다는 점에서도 그렇지만, 현재 우리 사회의 어떤 지점을 극명하게 드러내기 위한 장치로서도 흥미롭다. 시민들이 안전을 위해 사생활을 포기하고 투명사회를 받아들이는 부분은, 최근 프랑스를 비롯한 유럽 여러 국가에서 안보를 명분으로 급속히 세력을 확장하고 있는 극단적 포퓰리즘을 연상시킨다. 또한, 모두가 기꺼이 사생활을 공개하고 타인의 시선을 절대적인 기준으로 삼으며, 더 나아가 대중의 의견이 곧 권력이 되는 사회도 전혀 낯설지 않다. 횡행하는 가짜뉴스와, 그것을 의심 없이(혹은 노력 없이) 흡수하는 대중과, 이에 따른 피해자들도 자연스럽게 떠오른다. 그러고 보면 2050년 투명사회에 건설된 투명한 벽들은 현재 우리가 사용하는 스마트폰 화면과 다름이 없다. 집이라는 가장 사적인 공간도 스마트폰과 SNS가 들어서면 타인과 나누는 사회적 공간이 되니까.

릴리아 아센은 이 작품 이전에 두 편의 소설을 발표했고, 2021년 공쿠르상 후보에도 올랐던 작가지만, 대중적으로는 저널리스트로 더 잘 알려져 있었다. 현재는 프랑스 공영 라디오 방송국 프랑스 앵테르의 문학 전문 프로그램을 진행하고 있다. 일간지 〈르 파리지앵〉, 〈르 몽드〉를 거쳤고, 무엇보다 TF1의 TV 시사 토크쇼 〈르 쿠오티디앙 Le Quotidien〉의 한 코너를 진행하면서 얼굴이 알려졌다. 《파노라마》 집필을 시작하면서 TV 출연을 중단했는데, 〈르 쿠오티디앙〉의 프로듀서 인터뷰에 따르면 출연 당시에도 아센은 방송에 노출되는 것을 그리 좋아하지 않았다고 한다. 소설 속 방송매체에 대한 묘사와 문제의식이 그 시절의 경험에서 나온 것이리라 짐작된다. 소설의 끝에서 주인공 엘렌이 택한 삶의 방식과 연결되는 지점이기도 하다.

소설 속 모든 것이 투명하게 드러나 비밀이 없는 도시는, 단편적인 사실은 난무하나 진실은 알 수 없고, 모든 것이 공유되나 고민과 해석은 빠져 있으며, 그러므로 '진화하지 못하고 소통만 하는' 도시다. 작가는 한 인터뷰에서 "현대 사회의 왁자지껄함 속에서 시간을 내 글을 읽고 쓰는 행위는 저항에 가깝다"고 말했다.* 이 숨을 곳 없는 '빛의 세계'가 진화하기 위해서는, 혹은 그 안에서 자유롭기 위해서는 어둠과 그림자가 필요하고, 그것은 비판의식과 토론, 읽는 일과 쓰는 일로 가능하다는 의미일 것이다.

추리소설로서의 충분한 재미를 주면서 이만큼 우리 사회를 신랄하게 비추는 프랑스 소설을 만나기가 쉽지 않다. 그래서 반가운 마음에 전문 번역가도 아니면서 겁도 없이 번역에 뛰어들었지만 번역 작업 내내 나의 능력치를 의심했다. 원서의 건조한 문체와 문장 사이의 긴장을 멋스럽게 살리고 싶어 고민이 많았고, 특정 부분은 프랑스와의 문화 차이로 한국 독자들이 공감할 수 있을지(이를테면 엘렌과 남편의 관계) 걱정도 많았다. 또한,

* 프랑스 신문 〈르 누벨 에코노미스트〉와의 인터뷰에서, 2024년 7월 4일자.

두 언어 간 쓰임이 달라 직역할 수 없는 어떤 호칭이 소설 속 중요한 반전으로 작용해, 스포일러가 되지 않는 적절한 표현을 찾기 위해 여러 번 고쳐 쓰기도 했다. 졸역의 책임은 모두 옮긴이의 몫이며, 부디 이 책을 처음 읽었을 때 느꼈던 즐거움과 희열을 당신에게도 선사할 수 있기를 바랄 뿐이다.

파노라마 Panorama

1판 1쇄 2024년 10월 10일

지은이 릴리아 아셴
옮긴이 곽미성
펴낸이 김정옥
편집 김정옥 조용범
마케팅 황은진
디자인 이지선
제작 정민문화사
종이 한승지류유통

펴낸곳 도서출판 어떤책
주소 03706 서울시 서대문구 성산로 253-4 402호
전화 02-333-1395
팩스 02-6442-1395
전자우편 acertainbook@naver.com
홈페이지 acertainbook.com
페이스북 www.fb.com/acertainbook
인스타그램 www.instagram.com/acertainbook_official

ISBN 979-11-89385-54-5   03860

* 파본은 구입하신 서점에서 바꾸어 드립니다.

Cet ouvrage a bénéficié du soutien des Programmes d'aide à la publication de l'Institut français.
이 책은 프랑스 해외문화진흥원의 출판번역지원 프로그램의 도움을 받아 출간되었습니다.

PANORAMA